# Mut, Liebe und Geheimnisse

Von Heike Doeve

## Buchbeschreibung:

Tauche ein in eine Welt voller Magie und Abenteuer! Fünf Kurzgeschichten entführen Fantasyfans in faszinierende Welten, in denen Mut, Liebe und Geheimnisse im Mittelpunkt stehen.

Tina entdeckt in Der funkelnde Pfad der Verwandlung, dass ihr Freund sie in eine Vampirin verwandelt hat. In Elfenliebe - Saras mutiger Schritt gesteht Sara ihren Eltern ihre Liebe zu einer Freundin. Lea erlebt in Einladung ins Elfenland ein Abenteuer in einem Elfendorf. Die Elfe und Malerin Cathy sucht in Runghold - Insel der Inspiration nach einem besonderen Motiv. Und Tanja landet nach einem Unfall in Tanjas Sturz in eine andere Welt in einer geheimnisvollen Fantasywelt.

Erlebe mit den Protagonisten unvergessliche Momente voller Magie und Spannung. Doch welches Schicksal erwartet sie am Ende ihrer Reise? Tauche ein und entdecke die Geheimnisse dieser fantastischen Welten!

## Über den Autor:

Heike Doeve wurde im Mai 1969 in Haan geboren. Sie ist verheiratet und lebt in Wuppertal.

Sie ist vom Beruf her gelernte Hauswirtschafterin. Doch kann sie diesen aus gesundheitlichen Gründen nicht mehr ausüben. Sie entschied sich für das Schreiben, da sie schon immer gerne gelesen hat. Und diese Geschichten den Wunsch in ihr geweckt hatten.

Ihre Hauptgenres sind Kurzgeschichten und Fantasy. Um ihr Wissen zu erweitern, hat sie sich durch einen Fernkurs im Schreiben fortgebildet.

# Mut, Liebe und Geheimnisse

## Eine Reise durch fantastische Welten

von Heike Doeve

1. Auflage, 2024

© 2024 Alle Rechte vorbehalten.

Heike Doeve

Verlag: BoD • Books on Demand GmbH,

In de Tarpen 42, 22848 Norderstedt

Druck: Libri Plureos GmbH, Friedensallee

273, 22763 Hamburg

ISBN: 978-3-7597-7773-7

# Der funkelnde Pfad der Veränderung

Heike Doeve

Eine Kurzgeschichte

# Worum geht es?

Tina verbringt gemeinsam mit ihrem Freund eine romantische Nacht unter dem funkelnden Sternenhimmel. Doch ein Kuss verändert alles. Denn ein paar Tage später ist Tina schwindelig. Als auch noch Fieber hinzukommt, sucht sie den Arzt auf. Aber dieser findet keine Ursache. Diese erfährt sie von ihrem Freund. Weil er ihr in einem Gespräch gesteht, dass er sie in eine Vampirin verwandelt hat. Wie reagiert Tina auf dieses Geständnis? Akzeptiert sie ihr Schicksal?

# Der funkelnde Pfad der Veränderung

Tina kam um 12 Uhr von der Schule nach Hause, was viel eher als geplant war. Verdammt!, fluchte sie und hängte die Jacke auf. Was ist heute los mit mir, fragte sie sich, weil ihr schon den ganzen Tag über schwindelig war. Ich habe mich lange nicht mehr so schlapp gefühlt wie jetzt, meinte sie zu sich, schleppte sich mit Mühe zum Sofa, legte sich darauf und schlief ein.

Mist! Das geht auf diese Weise nicht, dachte sie, als sie zwei Stunden später erwachte. Ich muss zum Doktor, entschied sie, weil es sich so anfühlt, als ob ich Fieber hätte. Rasch rappelte sie sich auf und verließ ihr Nest.

Jetzt wird alles gut!, dachte Tina, als man sie um 15 Uhr ins Behandlungszimmer rief. Sie stöhnte und erhob sich von ihrem Stuhl im Wartezimmer. Dann schritt sie in den Raum und setzte sich.

„Was kann ich für Sie tun?", fragte der Arzt und schaute sie an.

Tina holte Luft und antwortete: „Mir ist schon den ganzen Tag schwindlig, weshalb ich mich hingelegt habe. Doch auch nachdem ich geschlafen habe, ist es nicht besser geworden." Sie hielt inne und seufzte. Danach fuhr sie fort: „Im Gegenteil! Als ich aufgewacht bin, habe ich mich fiebrig gefühlt. Was mir deutlich zeigt, das, was nicht stimmt." Sie schwieg, weil sie sich an etwas Wichtiges erinnerte. Verdammt!, dachte sie und stöhnte. Wie habe ich das vergessen können, mahnte sie sich. Rasch sammelte sie sich und schloss mit den Worten: „Mir ist in den letzten Tagen schon einmal leicht schwindlig gewesen. Aber da ist es von alleine wieder verschwunden."

„Okay! Dann lassen Sie mich mal sehen." Der Mediziner schwieg und untersuchte Tina. Als er fertig war, meinte er: „Ich kann nichts Körperliches feststellen." Er hielt inne und sah sie an. Nach einem Moment fügte er hinzu: „Im Gegenteil: Sie sind gesund. Sowas habe ich hier noch nicht gesehen." Er wandte sich seinen Computerbildschirm zu und schrieb. Dann drehte er sich zu ihr um und meinte: „Ich denke, dass es was Seelisches ist." Er brach ab und atmete ein und aus. Danach fragte er: „Hatten sie viel Stress in letzter Zeit?"

Tina zögerte und überlegte. Nach einem Moment antwortete sie: „Nicht mehr als sonst!" Sie verstummte und schüttelte den Kopf. Dann gab sie zu: „Aber meine Eltern sind vor drei Monaten durch einen Autounfall gestorben. Und ich vermisse sie so." Sie schwieg und schniefte. Mist!, dachte sie, als sie fühlte, dass ihr die Tränen über die Wangen rannen. Rasch kramte sie ein Taschentuch aus ihrer Handtasche und wischte sie fort. Dies ist kein Ort zum Trauern, mahnte sie sich und holte Luft. Dann riss sie sich zusammen.

Als der Arzt das hörte, meinte er: „Das tut mir sehr leid!" Er hielt inne und atmete ein und aus. Danach wandte er sich ihr zu und fügte hinzu: „In dem Fall helfen keine

Medikamente, sondern nur Zeit und viele Gespräche." Er schwieg und seufzte. Dann fragte er: „Haben Sie jemanden, der sich um Sie kümmert?" Er sah sie an.

„Ja, das habe ich!", antwortete Tina und drehte sich zu ihm um. Danach räusperte sie sich und sagte: „Mein Freund besucht mich jeden Tag."

„Das ist gut!",meinte der Mediziner und lächelte sie an. Dann setzte er neu an und gab zu: „Da ich nun nichts mehr für Sie tun kann, wünsche ich Ihnen alles Gute. Und einen schönen Tag." Nach diesen Worten schritt er zur Tür und verschwand.

Als Tina die Arztpraxis verließ, stieß sie mit Alk zusammen, der hineinwollte. Damit sie nicht das Gleichgewicht verlor, hielt sie sich rasch an der Tür fest. Und blockierte so den Weg. „Was tust du denn hier?", fragte sie ihren Freund und schaute ihn an. Danach seufzte sie und schloss mit den Worten: „Hast du schon Schluss?"

Alk zögerte und holte Luft. Dann räusperte er sich und gab zu: „Sara hat mich angerufen und gemeint, dass du zum Arzt willst. Da habe ich mir den restlichen Tag freigenommen." Er verstummte und sah sie genauer an. Danach fuhr er fort: „Komm! Ich fahr dich heim, bevor du hier umkippst." Er hielt inne und stöhnte. Nach einem Moment stellte er fest: „Du siehst nämlich blass aus." Als er das gesagt hatte, drehte er sich um und schritt voraus.

„Danke, dass du da bist", meinte Tina und folgte ihrem Freund. Als sie die Treppe hinab stieg, erklärte sie: „Ich hätte dich gleich von daheim aus angerufen." Sie brach ab, da sie bei der letzten Stufe stolperte. „Mist!", fluchte sie und ruderte mit den Armen.

Weil Alk das hörte, wandte er sich rasch um. Als er kapiert hatte, was passiert war, fing er sie auf und stellte sie wieder auf ihre eigenen Füße. Danach ließ er sie los und fragte: „Warum hast du dich nicht vorher bei mir gemeldet? Dann hätte ich dich begleitet."

„Weil ich mir noch nicht sicher gewesen bin, ob ich einen Arzt brauche", antwortete Tina und seufzte. Nach einem Moment holte sie Luft und gab zu: „Ich habe gedacht, dass die Symptome von selbst wieder verschwinden. Wie die Tage auch, obwohl sie da nicht so stark gewesen sind." Sie hielt inne und zuckte mit den Schultern. Dann gab sie sich einen Ruck und fuhr fort: „Darum habe ich mich erst mal hingelegt und bin eingeschlafen. Was mir zwar gutgetan hat. Aber besser habe ich mich danach nicht gefühlt." Sie brach ab und stöhnte. „Deshalb habe ich doch noch den Doktor aufgesucht", schloss sie und schaute ihn an.

„Okay! Ich verstehe!", meinte Alk und schritt zum Wagen.

Rasch folgte Tina ihm und setzte sich auf den Beifahrersitz. Verdammt!, dachte sie, als sie merkte, dass ihr Kopf brummte. Was ist los mit mir, fragte sie sich und schloss die Augen, weil sie fühlte, dass das Sonnenlicht darin stach.

Alk stieg ebenfalls ein und schaute seine Freundin von der Seite aus an. Als er merkte, dass sie nicht reagierte, wandte er sich ab und fuhr los.

Tina dachte während der Fahrt an ein besonderes Erlebnis zurück. Ihr fiel wieder ein, dass es vorigen Samstag gewesen war.

Meine Güte habe ich an dem Nachmittag heftig geweint, meinte sie zu sich und stöhnte. Zum Glück war Alk bei mir und hat mich getröstet, so gut er konnte. Sie hielt inne und atmete ein und aus. Ich habe es lieb von ihm gefunden, dass er mir angeboten hat, über Nacht zu bleiben. Was ich gerne angenommen habe. Weil ich nicht allein sein wollte, fuhr sie fort. Dann brach sie ab, als ihr was einfiel. Da wir die ganze Zeit im Haus waren, stimmte ich seinen Vorschlag zu, spazieren zu gehen, fügte sie hinzu und stockte. Dass wir nur bis in den Garten gekommen sind und den Himmel beobachtet haben, ist nicht seine Schuld, schloss sie, als sie sich an die Nacht der Sternschnuppen erinnerte.

„Woran denkst du?", fragte Alk und parkte den Wagen vor dem Haus. Danach sah er seine Freundin an.

Als Tina diese Worte hörte, öffnete sie die Augen. Rasch holte sie Luft und sammelte sich. Dann gab sie sich einen Ruck und antwortete: „An unsere Nacht im Sternenschein! Das sollten wir wiederholen, denn ich habe sie schön gefunden." Sie schwieg und schaute sich um. Gut, dass ich wieder daheim bin, dachte sie und seufzte. Danach öffnete sie die Tür und stieg aus.

Alk folgte ihr und schloss mit seinem Schlüssel die Haustür auf. Dann sah er sie an und sagte:„Das werden wir!" Er verstummte und atmete ein und aus. Nach einem Moment setzte er neu an und fügte hinzu: „Aber erst wenn du gesund bist."

„Okay!",meinte Tina, als sie sich auf das Sofa im Wohnzimmer niederließ. Dann wandte sie sich ihrem Freund zu und stellte fest:„Du hast mir nie gesagt, warum du nach unserem Kuss so schnell verschwunden bist." Sie brach ab und lächelte ihn an. Weil sie sich erinnerte, fügte sie hinzu: „Und als ich mich gerade umziehen wollte, bist du schon wieder da gewesen. Und hast dich an mich gekuschelt, als ob du nie weg gewesen bist." Sie seufzte und holte Luft. Danach gab sie sich einen Ruck und fragte: „Dann hast du meine Hand genommen und hast mich erneut nach draußen gezogen. Hat das einen Grund gehabt?" Sie verstummte und schaute ihn an.

„Ja!", antwortete Alk und sah aus dem Fenster. Dann drehte er sich um und wollte wissen: „Was hat der Arzt gesagt?" Er schwieg und betrachte sie von oben bis unten.

Verdammt! Das ist eine gute Ablenkung, dachte Tina und stöhnte. Du hast ja recht! Das ist wichtiger, entschied sie und zuckte mit den Schultern. Dann sah sie ihn an und antwortete: „Er meinte, dass ich körperlich ganz gesund bin. Und hat vermutet, dass es die Trauer ist, welche diese Symptome auslöst." Sie brach ab und legte sich auf das Sofa. Danach schloss sie mit den Worten: „Doch so schwach, wie ich mich fühle, muss das was anderes sein."

Alk drehte sich zum Fenster um und atmete ein und aus. Dann gab er sich einen Ruck und sagte mit leiser brüchiger Stimme: „Du hast recht mit deiner Vermutung." Er seufzte und sah sie an. Nach einem Moment fuhr er fort: „Ich weiß, was dir fehlt, denn ich bin schuld daran." Er hielt inne und lehnte sich an die Fensterbank. Danach schloss er mit den Worten: „Ich verspreche dir, dass ich es wiedergutmachen werde. Soweit ich das kann." Er stöhnte und drehte den Kopf zur Seite.

„Wie bitte! Ich verstehe nichts mehr", flüsterte Tina und wusste nicht, ob er sie überhaupt verstand.

Als Alk das hörte, wendete sich ihr wieder zu. Dann räusperte er sich und meinte: „Ich bin mir sicher, dass es in unserer Sternennacht geschehen ist. Da habe ich dir aus Versehen beim Küssen in die Lippe gebissen." Er hielt inne und sah sie an. Danach holte er Luft und fuhr fort: „Daran kannst du dich sicher auch erinnern, weil du geblutet hast."

„Klar weiß ich das noch", stellte Tina fest und stöhnte. Nach einem Moment fügte sie hinzu: „Und das du darüber geleckt und die Wunde geheilt hast."

„Das stimmt", gab er zu und brach ab. Verdammt!, dachte er, ballte die Hände zu Fäusten und löste sie wieder. Es nützt ja nichts, entschied er und sammelte sich.

Dann setzte er neu an und sagte: „Was ausgereicht hat, wie ich jetzt sehe."

„Was hast du getan? Gibt es da noch was anderes?", fragte Tina mit schwacher Stimme und wollte den Kopf heben. „Verdammt!", fluchte sie, als sie merkte, dass ihr diese Bewegung stechende Schmerzen verursachte. Rasch legte sie ihn mit einem unterdrückten Schrei wieder ab.

Alk fühlte sich noch mieser, als er ihr Stöhnen hörte. Mist!, dachte er und schaute seine Freundin an. Dann riss er sich zusammen und antwortete: „Leider ist das nicht alles, was geschehen ist. Denn das würde es auch für mich leichter machen." Er hielt inne und seufzte. Danach gab er sich einen Ruck und meinte: „Ich denke, dass es besser für dich ist, wenn ich nicht lange um die Wahrheit herumrede." Er zögerte und sah sie an. Nach einem Moment fuhr er fort: „Ich habe dich in einen Vampir verwandelt, einen Tageslichtler. Genauso wie ich einer bin. Es tut mir leid, dass ich dir das angetan habe." Er schwieg und sah aus dem Fenster. Dann wandte er sich zu ihr um und setzte neu an:

„Ich kann nicht mehr ändern, was passiert ist. Aber ich werde dir jetzt helfen." Er durchquerte den Raum und blieb vor ihr stehen. Danach biss er sich in den Unterarm, hielt ihn ihr hin und forderte sie auf: „Hier trink, denn du brauchst Blut. Ich schwöre dir, dass es dir anschließend besser gehen wird."

Tina wehrte sich nicht, denn sie war mittlerweile zu schwach dazu. Als sie Alks Lebenssaft roch, merkte sie, wie durstig sie war. Rasch griff sie nach seinem Arm und trank. Bereits nach den ersten Schluck spürte sie, dass ihr Schwindel verschwand. Wie schön!, dachte sie und sog noch ein paarmal. Danach fühlte sie, dass die Kopfschmerzen deutlich nachließen. Endlich kann ich wieder klar denken, sagte sie zu sich und gönnte sich nochmals ein wenig von seinem Blut. Dann lehnte sie sich zurück und erinnerte sich an was. Wie habe ich daran zweifeln können, dass Vampirblut Wunder bewirkt, fragte sie sich und atmete ein und aus. Was ich gerade erlebe, ist besser als jedes Buch, entschied sie und riss sich zusammen.

Nach einem Moment zog Alk seinen Arm zurück und leckte über die Wunde, welche sich sofort schloss. Dann schaute er sie an und meinte: „Ich nehme an, dass du mich jetzt hasst und nicht wiedersehen möchtest." Er zögerte und seufzte. Danach fuhr er fort: „Nach dem, was ich dir angetan habe, kann ich das sogar verstehen." Er schwieg und setzte sich in einen der zwei Sessel.

„Wie kommst du denn auf die Idee?", fragte Tina und lächelte ihn an. Danach fügte sie hinzu: „Nein! Im Gegenteil! Ich danke dir dafür." Sie hielt inne, als sie sich an was erinnerte. Dann räusperte sie sich und gab zu: „Weil es das ist, was ich mir gewünscht habe. Seit ich das erste Buch über die Wesen der Nacht gelesen habe." Sie schwieg und holte Luft. Nach einem Moment fragte sie: „Und wer möchte nicht ewig leben?"

Als Alk das hörte, starrte er sie an. Danach sammelte er sich rasch und gab zu: „Das ist nicht das, was ich erwartet habe." Er verstummte und schüttelte den Kopf. Dann fuhr er fort: „Ich habe damit gerechnet, dass du sauer auf mich bist." Er schwieg und strahlte sie an. Nach einem Moment schloss er mit den Worten: „Ich freue mich darüber, dass du es so siehst."

Tina schaute ihren Freund an und erwiderte sein Lächeln. Danach atmete sie ein und aus und legte sich zurück.

Alk drehte sich um und sah aus dem Fenster. Nach einem Moment wandte er sich ihr wieder zu und meinte: „Was das andere betrifft: Du hast zu viele Filme gesehen oder du hast massenhaft Bücher gelesen. Doch die Wahrheit ist, dass dieser Punkt ein Mythos ist und wir nicht ewig leben. Es tut mir leid, dass ich dich da enttäuschen muss."

„Das ist okay!", sagte Tina und winkte mit der Hand ab. Dann holte sie Luft und gab zu: „Ich habe mir schon gedacht, dass das nicht stimmt." Sie brach ab und richtete sich auf. Ich bin erstaunt, wie leicht mir das fällt, dachte sie, als sie ihre Beine auf den Boden stellte und sich anlehnte. Danach sah sie ihren Freund an und fragte: „Wie alt werden wir denn?"

Ich freue mich, dass es dir wieder besser geht, meinte Alk zu sich, der seine Freundin beobachtet hatte. Dann sammelte er sich und antwortete:„Es sind Fälle bekannt, die zweihundert Jahre alt geworden sind. Das liegt daran, dass wir sehr viel langsamer altern als die Menschen." Er erhob sich und schritt zu ihr. Als er dort ankam, setzte er sich neben sie und legte ihr den Arm um die Schulter.

„Okay!", meinte Tina und schmiegte sich an ihn. Dann fuhr sie fort: „Wie ich sehe, stimmt noch einiges nicht, was sie in den Filmen und Büchern immer behauptet haben. Denn wir schlafen nicht in Särgen. Und wir können bei Tageslicht draußen sein." Sie schwieg und sah ihn von der Seite aus an. Als ihr was einfiel, seufzte sie. Danach gab sie sich einen Ruck und fragte: „Doch wie ist das mit Blut? Das brauchen wir doch! Oder?"

„Da hast du recht!", bestätigte Alk und holte Luft. Nach einem Moment fügte er hinzu:

„Doch wir greifen schon lange keine Menschen mehr an, weil es da viel zu viele Todesfälle gegeben hat." Er brach ab und sah sie an.

„Ich nehme an, das es sich dabei um die nicht aufgeklärten Fälle handelt",warf Tina ein und drehte sich zu ihm um. Dann fuhr sie fort: „Ich habe davon im Fernsehen gehört oder in der Zeitung gelesen." Sie zögerte und stöhnte. Danach fügte sie hinzu: „Mir haben die Familien jedes Mal leidgetan. Weil es für mich auch das Schlimmste wäre nicht zu wissen, was passiert ist." Sie hielt inne und atmete ein und aus. Dann schloss sie mit den Worten: „Ich bin froh, dass das verboten ist."

Als Alk das hörte, stockte er. Nach einem Moment riss er sich zusammen und meinte: „Jetzt wo ich zum ersten Mal darüber nachdenke, muss ich zugeben, dass du recht hast." Er verstummte und sah sie an. Dann fuhr er fort: „Ich bin glücklich, dass wir mit den Menschen in Frieden zusammenleben können." Er schwieg und lächelte sie an.

„Das stimmt!", bestätigte Tina und erwiderte das Lächeln. Danach räusperte sie sich und stellte fest: „Du hast mir noch nicht gesagt, wovon wir uns ernähren."

„Entschuldige bitte! Ich habe gedacht, dass das klar ist. Wir trinken Tierblut", antwortete Alk und schaute sie an. Er seufzte, als er Entsetzen in ihren Augen las. Rasch sammelte er sich und fügte hinzu: „Hab keine Angst! Wir jagen sie nicht selber. Denn das würde genauso auffallen, wie früher die Jagd auf die Menschen."

„Okay!", murmelte Tina und entspannte sich. Dann atmete ein und aus und fragte: „Wie sieht die andere Lösung denn aus?"

Alk wandte sich ihr zu und antwortete: „Wir haben mit den Schlachthöfen weltweit einen Vertrag geschlossen." Er brach ab und holte Luft. Danach setzte er neu an und erklärte: „Seitdem füllen sie uns das Blut in Flaschen ab und vertreiben es über einen Internetshop." Er hielt inne und sah sie an. Dann schloss er mit den Worten: „Die Seite ist so programmiert, dass nur wir sie lesen können."

„In Ordnung! Das klingt gut", sagte Tina und drehte sich zu ihm um. Danach räusperte sie sich und meinte: „Ich finde, dass es so eine tolle Lösung ist. Denn da fällt unsere Nahrung ja sowieso an." Sie verstummte und schaute ihn an.

„Da hast du recht!", stimmte Alk zu und stockte, weil ihm was auffiel. Nach einem Moment fuhr er fort: „So gesehen ist es der perfekte Kreislauf." Er hielt inne und zuckte mit den Schultern. Danach fügte er hinzu: „Und für die Schlachthöfe ist es eine weitere Einnahmequelle. Denn das Blut kostet einen Euro pro Flasche. Doch zum Glück brauchen wir es nicht so häufig."

„Okay! Das finde ich für ein Abfallprodukt recht teuer", stellte Tina fest, als sie das hörte. Verdammt!, dachte sie und seufzte, weil sie sich an was erinnerte. Rasch riss sie sich zusammen und fragte: „Woran erkennen wir unseren Durst? Und wie ernähren wir uns sonst?"

„Wir brauchen eine Flasche Tierblut, wenn sich unsere Augen dunkel verfärben. Diese haben ansonsten ihre normale Farbe", antwortete Alk und räusperte sich. Dann fuhr er fort: „In der übrigen Zeit essen wir die Nahrung der Menschen, welche wir vertragen. Was ich gut finde, denn so fallen wir nicht auf." Er schwieg und sah sie an.

„Das hört sich super an", meinte Tina und lächelte ihn an.

„Da hast du recht", stimmte er zu und erwiderte ihr Strahlen. Nach einem Moment fügte er hinzu: „Es gibt auch jetzt noch Zwischenfälle, denn unser Durst auf Menschenblut verschwindet nie." Er verstummte und holte Luft. Dann gab er sich einen Ruck und fuhr fort: „Aber die Meisten von uns haben sich im Griff. Und die paar Fälle, die vorgekommen sind, haben wir vertuscht. Denn darin sind wir Meister."

„Jetzt, wo du es sagst, fällt mir wieder ein, dass man Leichen gefunden hat, die angeblich von Tieren getötet worden sind. Das hat man zumindest gesagt. Aber nun weiß ich, dass das nicht stimmt", erklärte Tina und schaute ihren Freund an.

Alk schwieg und dachte nach. Als ihm was auffiel, meinte er:„Apropos Wahrheit und

Lüge!" Er verstummte und sah sie an. Dann fuhr er fort: „Es ist noch was richtig: Wir sind schneller und stärker als die Menschen. Und wir sehen und hören besser als sie."

„Okay! Gut zu wissen, dass da die Filme nicht schummeln", sagte Tina und seufzte. Danach fügte sie hinzu: „Das ist ja schon mal was. Auch wenn es da nicht real ist", stellte sie fest und zuckte mit den Schultern. Dann schwieg sie und lehnte sich an ihn. Nach einem Moment gab sie zu: „Mir gefällt es, dass ich kein Monster bin." Sie hielt inne und holte Luft. Ich möchte es jetzt wissen, dachte sie und schaute ihn von der Seite aus an. Rasch sammelte sie sich und fragte: „Wie lange bist du schon gewandelt?"

„Bei mir ist es ein Jahr her", antwortete Alk und wandte sich ihr zu. Dann fuhr er fort: „Darum habe ich auch sofort gesehen, was mit dir los ist." Er schwieg und seufzte. Danach fügte er hinzu: „Doch im Unterschied zu dir bin ich besser darauf vorbereitet. Weil ich als Tageslichtler geboren worden bin. Denn meine Eltern sind auch welche." Er verstummte und schaute aus dem Fenster.

„Okay! Das erklärt, warum du dich so gut auskennst", meinte Tina und brach ab. Nach einem Moment setzte sie neu an und fragte: „Bist du in der Nacht verschwunden, weil du Durst auf Blut gehabt hast?"

„Du hast recht!", antwortete Alk und drehte sich zu ihr um. Dann fuhr er fort: „Denn dein Blut hat das Verlangen geweckt, was Tierblut nicht stillen kann. Da Menschenblut unsere eigentliche Nahrung ist, musste ich aus deiner Nähe, weil ich dich sonst angegriffen hätte." Er schwieg und holte Luft. Danach gab er sich einen Ruck und schloss mit den Worten: „Ich bin wieder zu dir gekommen, als ich mich im Griff gehabt habe."

„Jetzt verstehe ich das!", sagte Tina und sah ihn an. „Damals habe ich mich nur darüber gewundert", gab sie zu, als sie sich erinnerte. Verdammt! War ich naiv, dachte sie und stöhnte. Dann riss sie sich zusammen und stellte fest: „Da wir beide erst Anfang zwanzig sind, haben wir eine lange gemeinsame Zukunft vor uns."

„Das hoffe ich doch!", meinte Alk und schaute sie an. Danach fuhr er fort: „Denn ich kann nicht mehr ohne dich leben. Weil du das Einzige bist, was für mich je einen Wert haben wird." Er schwieg und nahm Tina in die Arme. Dann lächelte er sie an und fragte: „Als wir in dieser Nacht zusammen den Sternschnuppen zugeschaut haben, habe ich dich aufgefordert, dir was zu wünschen. Was ist das denn gewesen?"

„Musst du das wirklich noch fragen?", wunderte Tina sich und sah ihn an. Das ist wohl klar, dachte sie, als sie beobachtete, dass er den Kopf schüttelte. Rasch sammelte sie sich und fuhr fort: „Obwohl ich nicht damit gerechnet habe, dass sich dieser Traum so schnell erfüllt." Sie hielt inne, da sie sich an was erinnerte. Danach wandte sie sich ihm zu und meinte: „Doch in irgendeinem Sprichwort heißt es schon, dass man aufpassen soll, was man sich wünscht. Weil es sich erfüllen könnte." Sie verstummte und zuckte mit den Schultern. Dann gab sie zu: „Früher habe ich darüber nur gelacht. Doch das ist nun anders." Sie schwieg und sah ihn an. Nach einem Moment schloss sie mit den Worten: „Was ich nicht mehr weiß ist, wie ich in jener Nacht ins Bett gekommen bin."

„Diese Weisheit habe ich noch gar nicht gekannt", erwiderte Alk und räusperte sich. Danach setzte er neu an und fügte hinzu: „Aber ich muss sagen, dass sie recht hat." Er hielt inne und sah sie an. Dann sagte er: „Und was das andere betrifft: Das ist ganz einfach! Ich habe dich getragen. Denn du bist in meinen Armen eingeschlafen."

„Okay! Danke für die Info", meinte Tina und brach ab. Danach beugte sie sich zu ihren Freund und küsste ihn sanft. Als sie sich löste, stellte sie fest: „Heute beginnt ein neues Leben für mich. Und ich möchte jede Minute mit dir davon genießen." Sie schwieg und schaute ihn an.

„Das klingt gut!", meinte Alk und sah sie genauer an. Dann atmete er ein und aus und fügte hinzu: „Du siehst enttäuscht aus. Was ist los?"

„Das bin ich!", antwortete Tina und blickte aus dem Fenster. Nach einem Moment gab sie sich einen Ruck und fuhr fort: „Aber daran bist nicht du schuld. Sondern ich habe nur mehr erwartet, als ich bekomme." Sie verstummte und winkte mit der Hand ab. Dann wandte sie sich ihm wieder zu und meinte: „Ich bin mir sicher, dass das davon kommt, dass ich zu viele Bücher gelesen habe. Und alles geglaubt habe, was darin steht. Obwohl ich eigentlich weiß, dass das nicht wahr ist." Sie brach ab und zuckte mit den Schultern. Danach schloss sie mit den Worten: „Egal! Wir sind zusammen und das zählt." Sie holte Luft und lächelte ihn an.

„Da hast du recht! Das ist das Wichtigste", stimmte Alk zu und erwiderte ihr Strahlen. Rasch schaute er zur Seite, als er sich an was erinnerte. Verdammt!, murmelte er und kämpfte mit seinen Gefühlen. Nach einem Moment riss er sich zusammen und fügte hinzu: „Ich freue mich darüber, dass dich nicht verloren habe." Er schwieg und sah sie an.

„Da hättest du dir keine Gedanken machen brauchen", erwiderte Tina und wandte sich ihn zu. Dann fuhr sie fort: „Weil du schon lange mein Herz erobert hast." Sie brach ab, als sie die Schmetterlinge spürte.

Rasch beugte sie sich zu ihm herüber und küsste ihn.

# Elfenliebe-Saras mutiger Schritt

HEIKE DOEVE

## Eine Kurzgeschichte

# Worum geht es?

„Die Liebe kennt keine Grenzen." - Dies ist das Motto von Sara, einer Elfe, die anders ist als die übrigen. Sie liebt Lisa, ihre beste Freundin, und das gegen alle Konventionen ihrer Welt.

Als sie herausfindet, dass ihre Mutter und ihr Vater sie mit Jon verkuppeln wollen, flucht sie und ringt mit sich. Nach einer Weile beruhigt sie sich und gesteht ihren Eltern die Wahrheit.

Wie reagieren sie auf Saras Outing? Akzeptieren oder verstoßen sie ihre Tochter? Sara setzt alles aufs Spiel und kämpft für ihre Liebe. Gewinnt sie oder verliert sie, was ihr wichtig ist?

# Elfenliebe - Saras mutiger Schritt

Die Elfe Sara kam nach Hause. Sie wohnte mit ihren Eltern in einem winzigen Anwesen in Hold, einen Ort, den die Menschen nicht kennen. Sie war später dran als sonst, deshalb waren ihre Mama und ihr Dad schon da. Als sie den Flur betrat, stellte sie fest, dass es nach Hähnchen roch. Wie lecker! Das habe ich lange nicht gegessen, dachte sie und brach ab. Weil sie fühlte, dass ihr das Wasser im Mund zusammenlief. Sie hörte, wie ihre Mutter in der Küche mit den Topfdeckeln klapperte. Rasch sah sie ins Wohnzimmer und bemerkte, dass ihr Vater las.

„Hallo!", begrüßte ihre Mutti sie, die in der Tür erschien. „Du bist aber spät dran", fügte sie hinzu und winkte ihr mit dem Kochlöffel zu. Dann sah sie ihre Tochter an und schloss mit den Worten: „Ich vermute mal, dass du noch jemanden besucht hast, weil der Sport lange aus ist." Als sie das gesagt hatte, verschwand sie in der Küche.

„Da hast du recht!", antwortete Sara und schaute ihrer Mutter hinterher. Nach einem Moment wandte sie sich um und stellte die Sporttasche auf die Garderobe. Sie plante diese, wenn sie in ihr Zimmer schritt mitzunehmen und auszupacken. „Ich war noch bei Lisa", ergänzte sie, zog ihre Jacke aus und hängte sie auf. Danach folgte sie ihrer Mama.

„Das ist okay! Du bist alt genug und mir keine Rechenschaft schuldig", meinte ihre Mutter, als sie sah, dass ihre Tochter den Raum betrat. Dann holte sie Luft und setzte neu an: „Ich bin froh, dass du so eine gute Freundin hast." Als sie das gesagt hatte, drehte sie sich zum Herd um und stellte ihn aus.

Sara stand vor einem Hängeschrank und suchte das Geschirr zusammen. Als sie die Worte ihrer Mutter hörte, hielt sie inne und antwortete:„Lisa und ich kennen uns schon seit frühster Kindheit. Da ist es kein Wunder, dass wir uns blind verstehen." Sie schwieg und trug Teller und Gläser zum Esstisch. Dann fuhr sie fort: „Ich habe mit ihr gemeinsam einen neuen Schrank für ihr Zimmer aufgebaut. Als wir damit fertig waren, hat sie mir noch ein paar Stücke auf dem Klavier vorgespielt. Was ich klasse fand, denn sie spielt richtig gut." Sie brach ab und deckte den Tisch.

„Ich finde es super, dass du ihr dabei geholfen hast!", stellte ihre Mutter fest und sah sie von der Seite aus an. Sie hielt inne, als sie sich an was erinnerte. Dann atmete sie ein und aus und gab zu:„Ich staune darüber, wie du dich entwickelt hast. Denn du warst ein sehr schüchternes Kind." Sie schwieg und wandte sich zum Herd um. Als sie die Topfdeckel öffnete, fügte sie hinzu: „Ich denke, dass du jetzt bist, wie du bist, verdanken wir zum größten Teil Lisa."Danach verstummte sie, füllte die Speisen in die Schüsseln und stellte sie auf den Tisch. Dann schloss sie mit den Worten: „Und nun lasst uns essen."

„Das ist eine gute Idee, bevor alles kalt wird. Ganz davon zu schweigen, dass es mein Lieblingsessen ist", sagte Sara und schwieg, weil sie sah, das ihr Dad das Zimmer betrat. Als sie sich setzte, hörte sie, dass ihr Magen knurrte. Rasch holte sie Luft und fügte hinzu: „Und ich bin hungrig."

„Okay! Dann lang mal tüchtig zu", stellte ihr Vater fest und nahm Platz.

Eine Weile war nur das Klappern des Bestecks zu hören, da alle aßen.

Als Sara nach den Schüsseln griff, um ihren Teller ein zweites Mal zu füllen, hörte sie, wie ihre Mutter meinte: „Du bist jetzt in einem Alter, in dem du bald heiraten kannst." Sie schwieg und schaute ihre Tochter an. Dann fuhr sie fort: „Doch du scheinst dich nicht darum kümmern zu wollen. Denn du triffst dich nicht mit Jungen." Sie verstummte und seufzte.

Ich lasse mir nicht das Essen verderben, dachte Sara und füllte sich Reis auf den Teller.

Nach einem Moment setzte die Mutter neu an und erklärte: „Heute Abend kommt Jon vorbei." Sie hielt inne und tauschte einen Blick mit ihrem Ehemann. Danach wandte sie sich ihre Tochter zu und gab zu: „Wir haben ihn eingeladen, weil wir möchten, dass du ihn besser kennenlernst." Sie schwieg und lächelte sie an.

Sara stellte die Fleischplatte, welche sie in der Hand hielt, zurück auf den Tisch. Danach atmete sie ein und aus und starrte ihre Eltern an. Doch dann dachte sie an Jon. Sie wusste, dass er vier Häuser von ihr entfernt wohnte. Dennoch hatte sie ihn nur auf den Festen getroffen, die sie mehrmals im Jahr feierten. Sie erinnerte sich daran, dass er nett zu ihr gewesen war und dass sie ein paar Mal miteinander getanzt hatten. Es waren schöne Momente für mich, dachte sie und seufzte. Aber ich fühle mich nicht zu ihm hingezogen, meinte sie zu sich und winkte mit der Hand ab. Und ich weiß, dass sich das nicht ändern wird. Egal wie viele Male ich ihn in Zukunft noch treffen werde, mahnte sie sich und atmete ein und aus.

Als sie daran dachte, fiel ihr was auf. Ich glaube nicht, dass Jon sich besonders für mich interessiert. Da er mich nicht bevorzugt hat, meinte sie zu sich und trank einen

Schluck Wasser. Was ich gut finde. Denn ich möchte keine falschen Hoffnungen bei ihm wecken, sagte sie zu sich und stellte das Glas auf den Tisch. Dann schaute sie ihre Mutter von der Seite aus an. Ich habe schon geahnt, dass dieses Gespräch schwierig wird. Und es deshalb seit Tagen vor sich her geschoben, gab sie zu und stöhnte. Aber dass ihr versucht, mich zu verkuppeln, geht zu weit, meinte sie zu sich und sah rot. Soll ich es gleich klären, fragte sie sich. Nein!, entschied sie und schüttelte den Kopf. Jetzt einen Streit zu entfachen, ist keine gute Idee! Da mache ich lieber gute Miene zum bösen Spiel, fauchte sie und wandte sich ihrem Essen zu, mit dem sie ihren Ärger herunterschluckte.

Als Sara hörte, dass die Haustür ins Schloss fiel, schaute sie auf die Wohnzimmeruhr. Mist!, fluchte sie, weil sie feststellte, dass es 21 Uhr war. Egal!, fuhr sie fort und zuckte mit den Schultern. Das muss ich heute noch klären, mahnte sie sich und seufzte. Dann drehte sie sich zu ihren Eltern um.

„Ich finde, dass es ein gelungener Abend war", sagte ihre Mutter und stellte ihr Weinglas ab. Danach sah sie ihre Tochter an und fügte hinzu: „Und du hast dich so gut mit Jon verstanden." Sie strahlte sie an.

Sara wandte den Kopf zur Seite und schaute aus dem Fenster. Verdammt! Das ist nicht das, was ich will, fluchte sie und ballte die Hände zu Fäusten. Dann atmete sie ein und aus und kämpfte mit ihren Gefühlen. Als sie sich beruhigt hatte, drehte sie sich zu ihrer Mama um.

„Da hast du recht!", sagte ihr Vater zu ihrer Mutter und brach ab. Nach einem Moment setzte er neu an und meinte: „Und Jon ist eine ausgezeichnete Partie für unsere Tochter. Denn er stammt aus gutem Hause und ist reich, was wichtig ist, um unseren Traum zu retten."

Ach darum geht es!, fluchte Sara und schlug mit der Faust auf die Sessellehne. Sie wusste, dass ihre Eltern das einzige Kino im Ort führten und dass sie kurz vor der Insolvenz standen. Aber nicht weil es nicht gut besucht war. Sondern weil sie sich von vornherein übernommen hatten und die Bank das Vorhaben nicht richtig geprüft hatte. Sie hielt inne und seufzte, als sie sich daran erinnerte, dass sie kaum noch in der Lage waren die Kredite zu zahlen. Verdammt! Warum gebt ihr das Ganze nicht auf, dachte sie und verkauft alles. Ich weiß, dass es viele Angebote gibt, schloss sie und starrte aus dem Fenster.

Mist!,schimpfte sie nach einer Weile. Wie habe ich den Brauch vergessen können, der eure Probleme löst. Dieser stammte aus dem siebzehnten Jahrhundert und besagte, dass bei einer Heirat die reichere Familie der ärmeren finanziell zu helfen hatte. Was bis heute bei ihnen galt. Jetzt verstehe ich, was ihr von mir erwartet, meinte sie zu sich und sah rot. Aber nicht mit mir!, entschied sie und atmete ein und aus.

Als ihr Vater das gesagt hatte, legte er eine Pause ein und wandte sich zu seiner Tochter um. dann fragte er sie: „Was sagst du dazu? Schließlich geht es hier um dich." Er brach ab, als er merkte, dass er mit ihrem Rücken sprach.

„Das tut es nicht! Es geht mal wieder um eueren Traum", antwortete Sara mit hochrotem Gesicht und stampfte mit dem Fuß auf. Sie starrte noch einen Moment nach draußen und holte Luft. Danach drehte sie sich zu ihm um und fuhr fort: „Und damit ihr nicht alles verliert, soll ich jemanden heiraten, den ich nicht liebe. Das mache ich nicht!" Sie verstummte und kämpfte mit ihren Gefühlen. Dann sah sie ihn an und gab zu: „Auch wenn ich nichts gegen Jon habe. Und den Abend genossen habe."

„Das ist doch schon mal ein Anfang!", unterbrach sie ihr Vater. „Und alles andere wird sich finden", schloss er und lächelte sie an.

Verdammt! Ich fasse es nicht, fauchte sie, als sie dieser Worte hörte. Hast du mir überhaupt zugehört, fragte sie sich und holte Luft. Weil sie sich an was erinnerte, sammelte sie sich rasch. Dann gab sie sich einen Ruck und meinte: „Heute hat der Rat getagt und dieser hat den Paragrafen, mit dem ihr mich verheiraten könnt, ohne dass ich zugestimmt habe, am Nachmittag mit sofortiger Wirkung für alle Elfen abgeschafft. Das Ergebnis war zwar knapp, aber es ist gültig." Sie hielt inne und sah ihre Eltern an. Danach fuhr sie fort: „Woran auch ihr euch halten müsst, da ihr sonst bestraft werdet. Und die Strafen sind hoch." Sie brach ab und beobachtete die beiden. Verflixt! Da hat mich mein Gefühl nicht getäuscht, dachte sie, als sie sah, dass ihre Mutter und ihr Vater sich erschrocken ansahen. Wie konntet ihr nur, fragte sie sich und seufzte. Zum Glück hat euch der Rat die Planung verdorben. Was lange überfällig war, schloss sie, drehte ihnen den Rücken zu und sah nach draußen.

Vor ihr breiteten sich, soweit sie sehen konnte, Wiesen aus. Auf welchen Löwenzahn, Gänseblümchen und viele andere Wildblumen blühten. Sara atmete ihren Duft ein, der durch das offene Fenster zu ihr hoch wehte. Und sah zu, wie der Mond am Himmel erschien. Was für eine tolle Nacht, dachte sie. Ich würde jetzt gerne wie üblich vor dem Schlafen noch etwas spazieren gehen, fuhr sie fort und seufzte. Doch heute habe ich dafür keine Zeit, meinte sie zu sich und stöhnte. Denn ich habe noch was zu klären, mahnte sie sich, als sie sich daran erinnerte. Und ich hoffe, dass es nicht zu spät dafür ist, sagte sie zu sich. Doch es klang nicht so, als ob meine Eltern den Vertrag schon unterschrieben haben, stellte sie nach einer Weile fest. Und wenn doch können sie ihn immer noch lösen, schloss sie und atmete ein und aus.

Als ihre Mutter das hörte, schwieg sie einen Augenblick. Dann sammelte sie sich und sagte: „Danke, dass du uns das gesagt hast. Denn wir hatten es noch nicht erfahren. Da wir noch keine Nachrichten gehört haben." Sie hielt inne und seufzte, als sie merkte, dass ihre Tochter ihr nach wie vor den Rücken zuwandte. Verdammt! Das ist kein gutes Zeichen, dachte sie und holte Luft. Danach setzte sie neu an und meinte: „Wir entscheiden das ganz sicher nicht ohne dich. Denn da hast du das letzte Wort!" Sie brach ab und räusperte sich. Dann fügte sie hinzu: „Ich versichere dir, dass wir den Vertrag noch nicht unterschrieben haben. Auch wenn das für dich heute so aussah."

Sie schwieg und hob die Hand zum Schwur. Als sie den Arm senkte, fuhr sie fort: „Ich entschuldige mich bei dir, dass wir dich damit überrascht haben. Und ich bitte dich darum, es dir zu überlegen." Sie verstummte und stöhnte. Nach einem Moment schloss sie mit den Worten: „Ich bin dafür, dass wir die Sache für heute auf sich beruhen lassen. Was meint ihr?"

Das ist keine gute Idee! Weil das nichts ändern würde, sagte Sara zu sich und seufzte. Dann wandte sie sich um und starrte ihre Mutter an.

Als er das hörte, legte der Vater seiner Ehefrau die Hand auf den Arm und antwortete: „Sie überlegt es sich bestimmt noch, wenn sie Jon besser kennenlernt. Denn das war bei dir ja auch so." Er schwieg und lächelte sie an.

Das kannst du vergessen!, dachte Sara und beobachtete ihre Eltern. Sie sah, dass ihre Mutter das Lächeln erwiderte. „Ich finde es super, dass ihr auch nach zwanzig Jahren noch ein Herz und eine Seele seid." Sie hielt inne und seufzte, als sie sich an den Anfang erinnerte. Sie wusste, dass die Hochzeit ihrer Eltern arrangiert worden war.

Sara dachte daran, dass ihre Mutter aus einer verarmten, aber angesehen Familie stammte. Weil das der Fall war, hatte man ihr keine Wahl gelassen. Da sie sehr schön war, hatten die Bewerber Schlange gestanden. Sie brach ab und schaute sie von der Seite aus an. Ich finde, dass sich in diesem Punkt bis heute nichts geändert hat, entschied sie. Egal!, meinte sie zu sich und winkte mit der Hand ab. Dann stöhnte sie, weil ihr einfiel, wie es weiter gegangen war. Ich weiß, dass darunter auch mein Vater war, der in einer reichen Familie aufwuchs. Da er der Einzige war, hat mein Großvater mit dessen Sippe schließlich den Vertrag geschlossen. Sie brach ab und holte Luft. Das ist grausam, meinte sie zu sich und stöhnte, weil sich meine Eltern zu diesem Zeitpunkt nicht gekannt haben. Da man erst danach mehrere Feste veranstaltet hat, auf denen sich die beiden getroffen haben. Sie verstummte und atmete ein und aus. Zum Glück hat sich meine Mutter in ihn verliebt und bei einen dieser Treffen herausgefunden, dass ihre Liebe nicht einseitig ist. Weil es auch bei meinem Vater gefunkt hat. Sie brach ab und schaute die beiden an. Wie gut, dass es ein Happy End gibt und sie bis heute glücklich sind, stellte sie fest und sammelte sich. Als sie daran dachte, kehrte sie in die Gegenwart zurück. Was nicht für mich gilt, schloss sie.

Mist!,fauchte sie nach einer Weile und ballte die Hände zu Fäusten. Ich hasse es, die Hoffnung meiner Eltern zu zerstören, sagte sie zu sich und öffnete die Pranken. Doch es muss sein! Selbst wenn ich erneut einen Streit auslöse, murmelte sie und kämpfte mit sich. Worauf warte ich, fragte sie sich. Das ist meine Chance!, mahnte sie sich und seufzte. Denn wenn ich es ihnen jetzt nicht sage, tue ich es nie ohne Lisas Hilfe, entschied sie und schaute ihre Eltern an. Dann räusperte sie sich und meinte: „Es tut mir leid! Aber in diesem Punkt muss ich euch enttäuschen." Sie brach ab.

Als sie das hörte, drehte sich ihre Mutter zu ihr um und fragte: „Was genau meinst du damit?" Sie schwieg und griff nach ihrem Weinglas.

Sara zögerte und holte Luft. Dann gab sie sich einen Ruck und antwortete: „Ich habe lange geschwiegen. Doch dass, was ihr plant, macht mich nicht glücklich. Weil Lisa mehr als eine Freundin für mich ist."

Als die Mutter kapiert hatte, was ihr Kind damit meinte, fiel ihr vor Schreck das Weinglas aus der Hand.

Rasch beugte sich der Vater vor, fing das Glas auf und stellte es wieder auf den Couchtisch. Dann wandte er sich an seine Tochter und wollte wissen: „Was ist heute mit dir los? So kenne ich dich nicht!" Er hielt inne und atmete ein und aus. Dann setzte er neu an und fügte hinzu: „Hast du nicht alles von uns bekommen, was du brauchst?" Er verstummte und sah sie an. Danach räusperte er sich und sagte: „Und jetzt, wo wir dich mal um etwas bitten, dankst du es uns so."

Sara drehte sich zu ihrem Vater um und schaute ihm direkt in die Augen. „Ja! Weil ihr mir keine andere Wahl lasst", stellte sie fest und seufzte. Dann meinte sie: „Auch wenn ich es nicht gerne tue." Sie hielt inne und wandte den Kopf zur Seite. Nach einem Moment, räusperte sie sich und fuhr fort: „Ich weiß, seit ich vierzehn Jahre alt bin, welche sexuelle Neigung ich habe. Genauso wie Lisa!" Sie schwieg und holte Luft. Danach gab sie sich einen Ruck und fügte hinzu: „Und falls ihr das nicht akzeptiert, ziehe ich zu ihr. Was sie mich sogar schon angeboten hat." Sie verstummte und sah ihre Eltern an. Dann schloss sie mit den Worten: „Doch ich habe es zunächst einmal abgelehnt. Da ich erst mit euch darüber sprechen wollte."

Eine Zeit lang war es still im Zimmer. Die Mutter nutzte die Ruhe und fing sich wieder. Dann trat sie zu ihrer Tochter und umarmte sie. Nach einem Moment flüsterte sie ihr ins Ohr: „Geh nicht!" Sie hielt inne und stöhnte. Danach gab sie zu: „Auch wenn ich mich erst an die neue Lage gewöhnen muss. Was mir schwerfällt!" Sie brach ab und richtete sich auf. Als sie stand, sah sie ihren Nachwuchs an und meinte: „Ich verspreche dir, dass ich dich nicht zwingen werde, anders zu sein, als du bist. Denn ich möchte, dass du so glücklich wirst, wie ich es mit deinem Vater bin." Sie verstummte und lächelte sie an.

Sara erwiderte das Lächeln und sagte: „Danke Mutti!" Sie hielt inne und schlag die Arme um ihre Mutter. Nach einer Weile löste sie sich und meinte: „Ich habe mir schon gedacht, dass du es eher gutheißt als Papa." Sie brach ab, als sie sich an die Szene mit dem Weinglas erinnerte. Mist! Das kann ich so nicht stehen lassen, dachte sie und seufzte. Dann riss sie sich rasch zusammen und fuhr fort: „Ich entschuldige mich bei dir, dass dich damit geschockt habe." Sie brach ab und schaute ihre Mama an.

Als die Mutter diese Worte hörte, wandte sie sich zu ihr um und sagte: „Schon gut! Vergiss es!" Sie schwieg und winkte mit der Hand ab.

Sara starrte ihre Mami einen Moment lang an. Okay! Das habe ich nicht erwartet, stellte sie fest und zuckte mit den Schultern. Dann fiel ihr ein, dass sie nicht allein im Raum waren. Verdammt!, murmelte sie und riss sie sich zusammen. „Doch was ist mit Dad?", fragte sie ihre Mutter. „Kann er sich auch daran gewöhnen?" Bei diesen Worten sah sie in Richtung des Sofas, auf dem ihr Vater noch saß.

Als der Papa den Blick seiner Tochter spürte, antwortete er ihr statt der Mutter: „Mir bleibt nichts anderes übrig." Er hielt inne und zuckte mit den Schultern. Dann atmete er ein und aus und gab zu: „Denn auch ich möchte dich nicht verlieren, da du unser einziges Kind bist." Er verstummte, weil ihm erst jetzt was auffiel. Warum habe ich daran nicht gedacht, fragte er sich. Das löst die Probleme, fuhr er fort und sammelte sich. Danach wandte er sich zu ihr um und stellte fest: „Mir ist gerade aufgefallen, dass Lisas Familie ebenso wohlhabend ist wie Jons."

Als Sara das hörte, seufzte sie. Es kann nicht wahr sein, dass dir der Traum wichtiger ist als ich, murmelte sie und schüttelte den Kopf. Auch wenn ich weiß, dass du recht hast, finde ich das unmöglich, sagte sie zu sich. Soll ich das ansprechen, fragte sie sich und kämpfte mit sich. Nein! Ich bin des Streitens müde, entschied sie und holte Luft.

Nach einer Weile räusperte sich der Vater und meinte: „Aber das Wichtigste ist, dass du nicht gegen deine Natur lebst." Er verstummte und sah seine Tochter an. Dann setzte er neu an und fuhr fort: „Denn das geht auf die Dauer nicht gut und macht dich nicht glücklich. Was ich nicht möchte." Er brach ab.

Sara atmete ein und aus und sah ihren Dad an. Okay! Das klingt anders, mahnte sie sich. Danach rannte zu ihrem Vater und warf die Arme um ihn. Einen Moment lang schwieg sie. Dann löste sie sich von ihm, schaute zu ihm hoch und gab zu: „Danke Papi! Am meisten habe ich mich vor deiner Reaktion gefürchtet. Umso mehr freue ich mich jetzt." Sie verstummte und lächelte ihn an.

Der Vater erwiderte ihr Lächeln. Dann wurde er ernst und meinte: „Es tut mir leid, dass ich dich so unter Druck gesetzt habe. Das hätte ich nicht tun dürfen."

„Da hast du recht!", sagte Sara und seufzte. Nach einem Moment setzte sie neu an und fügte hinzu: „Doch ich finde es gut, dass du dich entschuldigst." Sie hielt inne und sah ihn an. dann schloss sie mit den Worten: „Denn das bedeutet mir viel."

Heike Doeve

# Einladung ins Elfenland

Eine Kurzgeschichte

# Worum geht es?

Lea ist zehn Jahre alt und verbringt eine Nacht allein zu Hause. Da ihre Eltern auf eine Party eingeladen sind. Nachdem sich Bello der Hund beruhigt hat, versucht sie einzuschlafen. Was ihr nicht gelingt, weil plötzlich eine Elfe in ihrem Zimmer auftaucht. Diese lädt sie ein, sich ihr Dorf anzuschauen. Lea ist neugierig und geht mit. Da sie viele Bücher über diese Wesen gelesen hat. Doch schnell stellt sie fest, dass ihre Erwartungen nicht erfüllt werden. Deshalb möchte sie nach Hause zurückkehren. Aber weit kommt sie nicht, weil sie vor eine unsichtbare Wand rennt. Rasch überlegt sie und erinnert sie sich an was, das in ihren Wälzern gestanden hat. Schaffst es Lea damit rechtzeitig heim, bevor ihre Eltern auftauchen?

# Einladung ins Elfenland

Es war eine düstere Novembernacht und Lea war allein zuhause. Verdammt! Das darf nicht wahr sein, dachte sie, als sie hörte, dass der Hund bellte. Du bist versorgt, meinte sie zu sich und drehte sich auf die andere Seite. Was hast du, fragte sie sich und stöhnte, weil er noch ein paar Mal anschlug. „Mist!", fluchte sie und setzte sich auf die Bettkante. Doch als sie sich erheben wollte, vernahm sie ein letztes Knurren. Danach gab Bello endlich Ruhe.

Okay! Das war es wohl, meinte Lea zu sich und horchte. Als sie nichts mehr hörte, schlüpfte sie rasch wieder ins Bett und schaute auf ihren Wecker. „Verdammt!",schimpfte sie, als sie feststellte, dass es fast Mitternacht war. So spät hat er noch nie gebellt, stellte sie fest und seufzte. Vielleicht hätte ich doch nachsehen sollen, was bei ihm los war, fuhr sie fort und wälzte sich hin und her. Dabei spitzte sie die Ohren und lauschte eine Weile. Aber als sie nur das alte Haus ächzen und knarren hörte, beruhigte sie sich wieder. Okay! Da war wohl nichts besonderes, entschied sie und schloss die Augen.

Als Lea gerade eingeschlafen war, spürte sie, dass es hell im Zimmer geworden war. Was ist denn jetzt los, fragte sie sich und seufzte. Dann öffnete sie die Sehorgane und setzte sich im Bett auf. Das kann nicht sein, meinte sie zu sich, als sie durch das offene Fenster in einen mit Sternen übersäten Himmel starrte. Weil sie im Wetterbericht Regen angesagt haben, ergänzte sie, als sie sich erinnerte. Dann brach sie ab und holte Luft. Okay! Die sind auch nur Menschen und können sich irren, fügte sie nach einem Moment hinzu und zuckte mit den Schultern. Das ist jetzt egal, meinte sie zu sich und winkte mit der Hand ab. Fakt ist, dass es sehr rasch aufgeklart ist, stellte sie fest und stockte, weil ihr was einfiel.

Oder habe ich länger geschlafen, als es mir vorgekommen ist, fragte sie sich und wandte sich um. Dann sah sie auf ihren Wecker. Nein!, fügte sie hinzu, als sie feststellte, dass es ein Uhr war. „Verdammt! Was ist das für eine Nacht", schimpfte sie und atmete ein und aus. Nachdem sie das gesagt hatte, spürte sie, dass sie fröstelte. Ist das kalt hier, meinte sie zu sich und erhob sich vom Bett. Dann sprintete sie zum Fenster und schloss es.

Nanu, wunderte Lea sich und erstarrte, als sie nach draußen blickte. Denn sie sah nicht mehr auf den Garten hinaus. Wo bin ich, fragte sie sich und betrachtete die winzigen Häuser, auf die sie schaute. Die weiten Wiesenflächen laden zum Spielen mit Bello ein, dachte sie und seufzte. Was auch immer das für ein Ort ist, er gefällt mich, entschied sie und gähnte. Dann bemerkte sie, dass kleine, geflügelte Wesen hin und herflogen. Das kann nicht sein, murmelte sie und schüttelte den Kopf.

Träum ich jetzt schon mit offenen Augen, fragte Lea sich nach einer Weile und sah sich um. So muss es sein, meinte sie zu sich, als sie feststellte, dass sie sich in ihrem

Zimmer befand. Okay! Schluss damit, mahnte sie sich und atmete ein und aus. Denn Bello schläft unten und meine Eltern kommen bald von der Party zurück. Und Elfen gibt es nur in Büchern, entschied sie als sie ein letztes Mal aus dem Fenster schaute. Rasch sammelte sie sich und wandte sich ab. Dann zog sie die Vorhänge zu und tappte wieder ins Bett.

Lea hatte das Licht kaum ausgeschaltet, als sie merkte, dass sie nicht allein im Raum war. „Verdammt!", schimpfte sie und schlug mit der Hand auf die Bettdecke. Danach beruhigte sie sich und holte Luft. Was ist jetzt los, fragte sie sich und seufzte. Dann sah sie sich um und entdeckte, dass eine Elfe auf ihrer Bettkante saß.

Fängt das schon wieder an, meinte sie zu sich und schielte in Richtung ihres Weckers. Kein Wunder! Es ist ja auch sehr spät, fuhr sie fort und gähnte. Danach schaute sie noch mal zu ihr. Dich bilde ich mir nur ein, weil ich müde bin, entschied sie und drehte sich zur Seite.

„Das tust du nicht!", antwortete die Elfe und wandte sich zu ihr um. Dann fügte sie hinzu: „Du hast schon richtig gesehen." Sie brach ab und stellte sich auf die Bettkante. Nach einem Moment schloss sie mit den Worten: „Ich bin real."

Als Lea das hörte, erschrak sie so, dass sie sich aufsetzte. „Verdammt!", fluchte sie, ballte die Hände zu Fäusten und löste sie wieder. Mir war nicht bewusst, dass ich laut gesprochen habe, dachte sie, als sie sich beruhigt hatte, und starrte das Wesen an. Dabei fiel ihr auf, dass die Elfe sanft leuchtete. Dann atmete sie ein und aus und fragte: „Wer bist du?"

„Musst du das wirklich fragen", antwortete die Märchengestalt und flatterte auf der Höhe ihres Gesichtes herum. Danach ließ sie sich erneut auf der Bettkante nieder und fuhr fort: „Du hast so viele Bücher über uns gelesen und erkennst nicht, wenn eine Elfe vor dir fliegt?" Sie brach ab und seufzte.

Lea sah sie erstaunt an. Nach einem Moment riss sie sich zusammen und murmelte: „Entschuldige bitte!" Sie hielt inne und legte sich wieder hin. Dann fuhr sie fort: „Woher soll ich denn wissen, wie ihr ausseht?" Sie schwieg und zuckte mit den Schultern. Danach überlegte sie. Als sie sich an was erinnerte, fügte sie hinzu: „In den Büchern gab es keine Bilder." Sie brach ab und schüttelte den Kopf.

„Okay! Ich verstehe", stellte die Sagengestalt fest und winkte mit der Hand ab. „Das keine Abbildung existiert ist nicht deine Schuld", gab sie zu und seufzte. Danach räusperte sie sich und schloss mit den Worten: „Auch wenn ich das sehr schade finde. Weil wir so vergessen werden."

„Das stimmt nicht", widersprach Lea und stöhnte. Nach einem Moment wandte sie sich ihr zu und fuhr fort: „Da ihr in den Büchern lebt." Sie brach ab und atmete ein und aus.

„Du hast ja recht", murmelte die Elfe zu und seufzte. Danach setzte sie neu an und fügte hinzu: „Es ist zwar nicht dasselbe, aber das genügt."

„Alles klar!", sagte Lea und gähnte. Was mache ich hier, fragte sie sich, als ihr was auffiel. Wenn ich schon mit Wesen aus der Welt der Fantasy spreche, muss ich sehr müde sein, meinte sie zu sich und drehte sich auf die Seite. „Ich möchte jetzt schlafen", erklärte sie und schaute die Elfe an. Dann schloss sie die Augen.

„Das finde ich sehr schade!", murmelte die Märchengestalt und schwieg. Danach holte sie Luft und fuhr fort: „Doch wenn du unbedingt willst!" Sie hielt inne und schaute das Mädchen an. Dann räusperte sie sich und endete mit den Worten: „Ich bin enttäuscht. Denn ich habe dich extra hierher bringen lassen, damit du dir unser Dorf ansehen kannst."

Als Lea das hörte, fiel ihr wieder ein, wo sie war. „Verdammt!", fluchte sie und schlug mit der Hand auf die Bettdecke. Wie habe ich das vergessen können, dachte sie und atmete ein und aus. Nachdem sie sich beruhigt hatte, riss sie die Augen auf. Dann sah sie die andere an und meinte: „Welch eine Ehre!" Sie brach ab und stöhnte.

Danach setzte sie neu an und fragte: „Doch warum muss das mitten in der Nacht sein?"

„Weil du heute solo bist und ich nicht weiß, wann deine Eltern das nächste Mal nicht da sind ", antwortete das zarte Wesen und sah sie an. Nach einem Moment fügte sie hinzu: „Keine Sorge! Die werden von deinem Ausflug nichts merken." Sie schwieg und breitete die Hände aus.

Daran habe ich noch nicht gedacht, meinte Lea zu sich, als sie das hörte. Dann schielte sie in die Richtung ihres Weckers und stellte fest, dass es ein Uhr war. Da hast sie recht, gab sie zu und seufzte. Denn seid ich zehn geworden bin, lassen Mama und Papa mich immer öfters nachts alleine, schloss sie und atmete ein und aus.

„Kommst du nun mit oder nicht", fragte die Elfe und sah sie von der Seite aus an. Dann fuhr sie fort: „Ich habe gedacht, dass du dich für uns interessierst." Sie brach ab und stöhnte.

Das stimmt, meinte Lea zu sich und gähnte. Wer weiß, wann sich die Gelegenheit erneut bietet, fügte sie hinzu und setzte sich auf. Danach schaute sie die Elfe an und sagte: „Okay! Ich bin zwar sehr müde, aber meine Neugierde ist stärker."

„Das freut mich", antwortete die Märchengestalt und lächelte sie an. Dann wandte sie sich ab und flog zur Tür.

Lea schlug die Bettdecke zurück und stellte die Beine auf den Boden. Soll ich mir was anderes anziehen, fragte sie sich und sah an ihren mit Schmetterlingen bedruckten Schlafanzug hinab. Nein! Für diese kurze Zeit reicht das, entschied sie und schüttelte den Kopf. Dann zog sie Socken an und schlüpfte in ihre Straßenschuhe. Als sie fertig war, erhob sie sich vom Bett und öffnete die Zimmertür.

Rasch flatterte die Elfe hinaus und durchquerte das Treppenhaus. Als sie die Haustür erreichte, landete sie und wartete.

Lea folgte ihr und stieg die Treppe hinunter. Als sie unten ankam, warf sie einen Blick ins Wohnzimmer und stellte fest, dass Bello ruhig in seinem Korb schlief. Das ist gut, dachte sie und griff nach ihrem Schlüssel, der im Flur an einem Haken hing.

Dann öffnete sie die Tür und verließ das Haus.

Wie ist das möglich, fragte sie sich und schob die Ärmel ihres Schlafanzugs hoch. Es ist vorhin doch so kalt gewesen und jetzt ist es sommerlich heiß, ergänzte sie, weil sie sich erinnerte. Bin ich in einer anderen Welt, meinte sie zu sich und sah sich um. Nein! Das ist nicht die Antwort, fügte sie hinzu, als sie die Garageneinfahrt und Nachbarhäuser erkannte. Was ist es dann, schloss sie und wandte sich zu der Elfe um, die vor ihr herflog.

Doch bevor Lea was sagen konnte, hörte sie Musik. Was auch immer da geschehen ist, ist nicht mehr wichtig, entschied sie und zuckte mit den Schultern. Dann seufzte sie und drehte sich um. Als sie in die Richtung des Dorfes sah, stellte sie fest, dass einige Elfen vor einem der Häuser standen und Geige spielten. Das ist ja wie in meinen Büchern, dachte sie und lauschte. Wie schön das klingt, schloss sie nach einem Moment und atmete ein und aus.

Dann schaute sie erneut hin und beobachtete, dass sich weitere Märchengestalten auf der großen Rasenfläche versammelten und tanzten. Auch das kam in meinen Wälzern vor, dachte sie, als sie sich daran erinnerte. „Verdammt!", fluchte sie, weil ihr was einfiel. Ich hoffe nicht, dass das die ganze Nacht so geht, meinte sie zu sich und stöhnte. Denn dafür habe ich keine Zeit, schloss sie und riss sich rasch zusammen.

Erst jetzt fiel Lea ihre Begleiterin wieder ein und wandte sich um. Das ist frech, dachte sie, als sie merkte, dass diese verschwunden war. Mich hierher locken und dann allein lassen nenn ich keine Gastfreundschaft, fuhr sie fort und holte Luft. Da hätte ich besser schlafen können, entschied sie und gähnte.

Ich beruhige mich erst mal, mahnte sie sich und atmete ein und aus. Nach einem Moment setzte sie sich ins trockene Gras und überlegte. Soll ich einfach zurück ins Bett gehen, fragte sie sich und seufzte. Nein! Das wäre unhöflich, meinte sie zu sich und schüttelte den Kopf. Vielleicht kommt sie ja gleich wieder, schloss sie und wandte sich den Tanzenden zu.

Nach einer Weile weiften ihre Gedanken ab. „Verdammt!", fluchte sie und seufzte. Worauf habe ich mich eingelassen, sagte sie zu sich, als ihr klar wurde, dass hier nichts mehr passieren würde. Rasch rappelte sie sich auf und rannte ein paar Meter. Doch danach kam sie nicht weiter, weil sie an eine unsichtbare Wand stieß. „Mist!", schimpfte sie und bleib stehen. Ich muss zurück sein, bevor meine Eltern kommen, schloss sie und holte Luft.

Okay!, fuhr sie fort, als sie sich beruhigt hatte. Ich hätte es wissen müssen, dass es so nicht geht. Weil es in den Büchern auch nicht möglich war, fügte sie hinzu, als sie sich erinnerte. Sie hielt inne und dachte nach. Aber da hat Schlafen funktioniert und ich bin sehr müde, stellte sie fest und legte sich hin. Kaum hatte sie die Augen geschlossen, spürte sie, wie sie durch die Luft flog und in ihrem Zimmer landete.

Rasch rappelte sie sich vom Boden auf und sah auf den Wecker. Gut ich bin noch früh genug. Es ist erst zehn Minuten vor zwei, meinte sie zu sich und raste nach unten.

Als sie im Flur ankam, hängte sie ihren Schlüssel an den Haken. Dann stieg sie fix die Treppe wieder hoch und verschwand ins Bad. Nachdem sie dort fertig war, kehrte sie in ihren Raum zurück.

Kurze Zeit später hörte sie, dass ihre Eltern nach Hause kamen. Das war knapp, dachte sie und kuschelte sich ins Bett.

Als Lea das nächste Mal die Augen aufschlug, bemerkte sie, dass die Sonne durch die Vorhänge blinzelte. Okay!, meinte sie zu sich und streckte sich. Dann schaute sie auf den Wecker. „Mist!", fluchte sie, als sie sah, dass es schon zehn Uhr war.

„Guten Morgen!",begrüßte sie die Elfe, die auf der Bettkante saß. „Beim nächsten Mal bleibst du bitte länger wach", fuhr sie fort und seufzte. Danach hielt inne sie und wandte sich ihr zu. Dann räusperte sie sich und fragte: „Okay?"

Als Lea diese Worte hörte, drehte sie sich um und starrte das zarte Wesen an. Nach einer Weile riss sie sich zusammen und antwortete: „Nein! Es wird kein zweites Mal geben." Sie brach ab und schüttelte den Kopf. Dann setzte sie neu an und fügte hinzu: „Da alles so wie in meinen Wälzern funktioniert hat, glaube ich nicht mehr, dass ihr real seid."

„Wie schade!", meinte die Elfe und stöhnte. Danach stellte sie fest: „Bei dir ist die Zeit vorbei, wo du an uns geglaubt hast." Sie zögerte und gab dann zu: „Ich hätte es diese Nacht schon wissen müssen, als du mich von Anfang an für eine Märchengestalt gehalten hast." Sie hielt inne und seufzte. Nach einem Moment wandte sie sich ihr wieder zu und schloss: „Doch ich habe gedacht, dass es bei dir noch nicht so weit ist. Da habe ich mich wohl geirrt." Als sie das gesagt hatte, verschwand sie durch das Fenster.

Das ist entschieden, dachte Lea und starrte der Elfe hinterher. Dann hörte sie, dass ihre Zimmertür geöffnet wurde und riss sich zusammen.

„Guten Morgen!", grüßte die Mutter sie und betrachtete ihre Tochter von oben bis unten. „Was ist denn los mit dir? Ich mach mir Sorgen um dich", meinte sie, als sie im halbdunklen Raum nichts erkennen konnte.

„Tut mir leid! Mir geht es gut!", antwortete Lea und schaute ihre Mami an. Nach einem Moment fügte sie hinzu: „Ich habe nur verschlafen und komme gleich."

„Schon okay!", meinte die Mama und lächelte sie an. „Es ist ja heute Sonntag", stellte sie fest und schloss die Tür wieder.

Zum Glück!, dachte Lea, als sie allein war. Dann schlug sie die Bettdecke zurück und sprang aus dem Bett. Als sie die Vorhänge geöffnet hatte, warf sie einen Blick nach draußen. Ich finde es gut, dass das Dorf verschwunden ist, meinte sie zu sich, als sie bemerkte, dass sie in den Garten sah. „Verdammt!", fluchte sie und ballte die Hände zu Fäusten. Ich träume ja schon wieder, fuhr sie fort und seufzte. Ich reiße mich jetzt sofort zusammen, mahnte sie sich und atmete ein und aus. Dann drehte sie dem Fenster den Rücken zu und zog sich an. Als sie fertig war, verließ sie das Zimmer.

# Runghold - Insel der Inspiration

Heike Doeve

Eine Kurzgeschichte

# Worum geht es?

Cathy ist eine Elfe und eine begabte Malerin. Als ihr Gatte auf eine Dienstreise muss, beschließt sie, auf die Insel Runghold zu fahren. Obwohl sie die Ferien dort mit ihren Eltern verbracht hat, war sie noch nie im Norden. Da ihre Mutter das Klima in der Gegend als zu rau empfand. Doch diesmal will sie einen Ort besuchen, den Freunde ihr empfohlen haben. Wird sie es schaffen?

# Runghold - Insel der Inspiration

Cathy kam nach einer langen Fahrt mit der Fähre auf der Insel an. Endlich bin ich da, dachte sie, als sie ausstieg. Am Kai blieb sie stehen und atmete die salzige Luft ein. Ich finde es schön, mal wieder in der zweiten Heimat zu sein, meinte sie zu sich und ließ den Blick über das Wasser schweifen. Dann riss sie sich zusammen und schaute auf ihre Armbanduhr. Okay! Ich schlage hier besser keine Wurzeln, mahnte sie sich, als sie feststellte, dass es 17 Uhr war. Rasch bückte sie sich und hob ihre Reisetasche vom Boden auf. Danach schlug sie den Weg zum Hotel ein.

Als sie um eine Ecke bog, fiel ihr auf, dass es das erste Mal nach ihrer Hochzeit war, dass sie wieder auf Runghold war. Nachdem sie sich daran erinnert hatte, hörte sie, wie ihr Smartphone klingelte. „Verdammt!", murmelte sie und zuckte zusammen. Dann sammelte sie sich und kramte das Mobiltelefon aus der Tasche. Rasch warf sie einen Blick darauf und stellte fest, dass es ihr Gatte war. Wie schön!, dachte sie und hob den Hörer ab.

„Hallo Schatz! Bist du gut angekommen", fragte Timo, der auf einer Dienstreise war.

„Ja! Die Fahrt war super, aber anstrengend", antwortete Cathy und seufzte. „Ich bin gerade auf den Weg zum Hotel", fuhr sie fort und brach ab. Nach einem Moment fragte sie: „Und wie war es bei dir? Bist du schon da?"

„Ja! Ich bin vor einer Stunde angekommen", meinte Timo und hielt inne. Dann holte er Luft und setzte neu an: „Ich habe mir eben das Programm angesehen. Das wird stressig und ich weiß nicht, ob ich mich noch einmal melden kann."

„Das fände ich schade! Denn ich höre deine Stimme gern", stellte Cathy fest und stöhnte. Danach riss sie sich zusammen und fügte hinzu: „Vielleicht ist es ja doch möglich, kurz miteinander zu sprechen." Sie hielt inne und zuckte mit den Schultern.

„Das wäre toll! Aber ich bezweifle es", erwiderte Timo und seufzte. Dann schloss er mit den Worten: „Ich denke, dass es hier sehr lange, kontroverse Sitzungen geben wird."

„Oh je! Das klingt nach vielen Überstunden", meinte Cathy und brach ab.

„Da hast du recht!", gab Timo zu und holte Luft. Danach setzte er neu an und sagte: „Ich werde versuchen, mich zu melden. Falls es nicht klappt, sehen wir uns in vier Tagen zu Hause."

„Okay! Bis bald", stimmte Cathy zu und beendete das Gespräch. Nachdem sie das Smartphone verstaut hatte, legte sie das restliche Stück bis zum Hotel zurück und checkte ein.

Als Cathy in ihrem Zimmer ankam, öffnete sie das Fenster. Das ist herrlich, dachte sie und beobachtete das Flattern der Gardinen, die sich durch den Wind wie Segel blähten. Rasch atmete sie die frische, salzige Luft ein und zögerte. Ich kann es nicht glauben, dass ich es wirklich geschafft habe, meinte sie zu sich und seufzte. Ich sehe es mir jetzt an, mahnte sie sich und sammelte sich. Dann trat sie ans Fenster und schaute hinaus auf das Motiv, das in ihrer Sammlung fehlte. Das ist ja noch viel toller als auf den Fotos von Anne und Ben, dachte sie, als sie auf die steile Klippe starrte, an die der Wind das Meer wie einen brüllenden Löwen trieb. Darüber sah sie ein paar Seevögel kreisen, welche am Felsen ihre Jungen großzogen.

Während Cathy nach draußen sah, erinnerte sie an ein Gespräch, das sie mit Anne geführt hatte. Das war jetzt drei Jahre her.

„Wie war der Urlaub", fragte sie, als sie ihre Freundin nach der Rückkehr zu Hause besuchte.

„Ganz toll", erwiderte diese und wandte sich ihr zu. „Ich denke, das wäre auch was für dich", schloss sie und lächelte sie an.

„Du weißt, dass ich den Norden nicht kenne", stellte Cathy fest und seufzte. Dann gab sie sich einen Ruck und fragte: „Warum meinst du das?"

„Das kann ich so nicht beantworten", gab Anne zu und kramte in einer Schublade herum. Als sie fand, was sie suchte, kehrte sie zu ihrer Freundin zurück. Danach schlug sie das Album auf und deutete auf die Fotos. „Schau dir mal den Ausblick an", forderte sie die andere auf.

Als Cathy die Bilder betrachtete, stockte ihr der Atem. „Oh! Wie schön", stotterte sie nach einer Weile und holte Luft. Dann riss sie sich zusammen und fragte: „Wo genau ist das?"

„Die Fotos hat Ben von unserem Hotelfenster aus geknipst", antwortete Anne und sah die Freundin an. Danach setzte sie neu an und wollte wissen: „Ist das nicht ein tolles Motiv für dich?"

„Da hast du recht", meinte Cathy und strahlte sie an. Dann sammelte sie sich und fügte hinzu: „Danke für den Tipp!"

Rasch atmete sie ein und aus und kehrte in die Gegenwart zurück. Das ist das Motiv, wegen dem ich extra in den Norden gefahren bin, dachte sie und holte Luft. Ich finde es schön, dass das Hotel meinen Wunsch berücksichtigt hat, meinte sie zu sich. Bei der Buchung hatte sie sich das Zimmer 116 erbeten. Weil sie nur hier diesen einmaligen Blick hatte.

Okay! Ich stehe jetzt besser nicht länger herum, sondern nutzte die Zeit, mahnte sie sich und seufzte. Dann riss sie sich zusammen und wandte sich ab. Wie schade, dass ich mit meinen Eltern nie im Norden war, dachte sie, als sie ihre Reisetasche auspackte. Da Mama diese Gegend vom Klima her zu rau empfand, erinnerte sie sich und nahm ihren Block und einen Stift zur Hand. Danach setzte sie sich ans Fenster und zeichnete einen ersten Entwurf.

Cathy malte, seit sie drei Jahre alt war. Ihre Motive fand sie überall. Aber besonders gerne skizzierte sie hier auf Runghold.

Sie kannte den Süden, wo die Wellen wie Kristalle glitzerten, wenn sich die Sonne in ihnen brach. Dort hatte sie als Kind den Urlaub mit ihren Eltern verbracht.

„Das sieht aus wie Diamanten", sagte Cathy zu ihrer Mutter und rannte zum Wasser. Als sie das Meer erreichte, blieb sie stehen und staunte. Denn sie sah das Lichtspiel zum ersten Mal.

„Das stimmt!", erwiderte die Mama und betrachtete das Glitzern der Wellen. Nach einem Moment wandte sie sich zu ihrer Tochter um und lächelte sie an. Dann fuhr sie fort: „Auch wenn mir echte lieber wären. Doch die sind zu teuer." Sie brach ab und seufzte.

„Mir nicht!", meinte Cathy und kehrte zu ihrer Mami zurück. „Denn die kann man nicht malen",fügte sie hinzu und strahlte sie an. Danach schnappte sie sich ihren Block und Stifte und bannte die Szene auf Papier.

„Du hast echt Talent", stellte ihre Mutter fest, als sie das fertige Bild betrachtete.

„Danke, Mama!", meinte Cathy und lächelte sie an. Nach einem Moment fragte sie: „Kannst du auch malen?" Sie hielt inne und schaute sie an.

„Leider nein", antwortete ihre Mami und seufzte. „Ich denke, dass du es von deinem Opa geerbt hast, der Künstler war", fügte sie hinzu und brach ab. Dann gab sie sich einen Ruck und fuhr fort: „Ich finde es schade, dass er so früh gestorben ist. Denn er hätte dir bestimmt viele Tipps geben können."

Da hast du recht, dachte Cathy und seufzte. Egal!, meinte sie zu sich und zuckte mit den Schultern. Ich werde es auch so schaffen, entschied sie und sammelte sich.

„Ich finde es nicht so schlimm, dass du nicht malen kannst", schaltete sich der Vater ein und sah seine Gattin an. „Du hast dafür andere Talente!", fuhr er fort und küsste sie. Dann wandte er sich an seine Tochter und schloss mit den Worten: „Wenn du eine weitere tolle Stimmung suchst, empfehle ich dir die Sonnenuntergänge. Die sind hier sehr farbenprächtig!"

„Danke für den Tipp!", sagte Cathy und lächelte ihren Papa an. Danach gab sie sich einen Ruck und fügte hinzu: „Das werde ich mir auf jeden Fall anschauen."

An dem Abend stand Cathy am Fenster und beobachtete, wie die rote Sonne im Meer versank. „Du hast recht!", meinte sie und sah ihren Vater von der Seite aus an. „Das ist wirklich ein super Motiv."

„Das freut mich, dass es dir gefällt", erwiderte der Papa und lächelte sie an.

„Ich finde es schade, dass es schon vorbei ist!", stellte Cathy fest, als das letzte Rot verblasste.

„Sei nicht traurig", meinte der Vater und nahm seine Tochter in die Arme. „So geht die Sonne hier jeden Tag unter", fügte er hinzu und hielt inne. Nach einem Moment fragte er: „Wie wäre es, wenn ich morgen Fotos davon schieße? Die du als Vorlagen nutzen kannst."

„Danke Papa!", murmelte Cathy und umarmte ihren Papi. Dann löste sie sich von ihm und sah ihn an. „Das ist eine super Idee!", fuhr sie fort und strahlte ihn an.

„Okay Schatz!", sagte der Vater und erwiderte ihr Lächeln. Danach sah er auf die Armbanduhr und fügte hinzu: „ Es ist Zeit! Ab ins Bett mit dir."

Als Cathy zehn Jahre alt war, fuhren sie ein einziges Mal in den Westen. Dort liegt die Stadt der Insel. Die sich mit seinen einstöckigen, weißen Häusern an die steil aufragenden Berge schmiegt.

„Das sieht nicht aus wie eine Elfenstadt", meinte Cathy, als sie ankamen. Sie schwieg und überlegte. Als ihr die Reportage einfiel, die sie vor kurzem geschaut hatte, fügte sie hinzu: „Eher wie ein Bergdorf in den Alpen!"

„Da hast du recht!", bestätigte die Mutter und schaute ihre Tochter an.

„Das ist auf jeden Fall ein tolles Motiv", stellte Cathy fest und schnappte sich ihre Malsachen.

Es war ein paar Tage später am Abend. Heute hatte Cathy eine Malpause eingelegt. Stattdessen war sie mit ihren Eltern auf einen der Berge gestiegen. Nun saß sie am PC und schaute sich die Fotos an, die ihr Papa unterwegs geknipst hatte.

„Das finde ich witzig!", meinte sie, als sie zu einem Bild kam, was die Stadt von oben zeigte.

Als der Vater das hörte, wandte er sich zu seiner Tochter um und starrte auf den Bildschirm. Da er nichts Lustiges erkennen konnte, fragte er: „Warum?"

„Weil der Ort aussieht, wie eine Katze", antwortete Cathy und zeichnete das Tier mit dem Finger nach.

„Da hast du recht", stimmte der Vater zu und lachte. Als er sich wieder im Griff hatte, gab er zu: „Das ist mir noch nie aufgefallen!" Er hielt inne und zuckte mit den Schultern.

„Das macht doch nichts", meinte Cathy und sah ihn an. Dann fügte sie hinzu: „Jetzt weißt du es ja!" Danach wandte sie sich ab und betrachtete das Foto erneut.

„Möchtest du es malen", fragte der Vater und schaute seine Tochter an.

„Das ist auf jeden Fall dabei", antwortete Cathy und seufzte, als sie auf die Uhr sah. Dann schaltete sie den PC aus. Weil es Zeit für das Abendessen war.

Im Osten der Insel, wo Cathy zweimal war, fand sie ziemlich viele Motive. Hier gab es in der Nähe der Unterkunft einen Wald. Als sie diesen erkundete, stellte sie fest, dass dort Einhörner lebten. Ich finde es toll, dass ich sie zu Gesicht bekomme, dachte sie und skizzierte die Fabeltiere rasch. Da ich gehört habe, dass sie sehr scheu sind, schloss sie, als sie fertig war.

Nachdem die Tiere verschwunden waren, schritt Cathy weiter, bis sie auf eine Lichtung kam. Dort blieb sie stehen und sah sich um. Sie stellte fest, dass hier ganze Sträucher von wilden Rosen wuchsen. Diese teilten sich die Wiese mit vielen anderen Wildblumen.

Was ist denn das, fragte sie sich und holte Luft. Bin ich in einem verzauberten Garten gelandet, meinte sie zu sich und brach ab. Egal! Was das hier ist, fügte sie hinzu, als sie bemerkte, dass ein Schmetterling auf einer Rose landete. Der ist ja so groß wie Vaters Handfläche, staunte sie und sah sich um. Da sind ja noch mehr von der Sorte, stellte sie fest und hielt inne.

Als sie Papier und Stifte aus dem Rucksack kramte, hörte sie etwas summen. Was war das für ein Tier, fragte sie sich und sah sich um. Nach einem Moment erkannte sie, dass auf der Lichtung nicht nur Falter hin und her flogen, sondern auch alle möglichen Arten von Bienen.

Das wird ja immer schöner hier, dachte sie und schaute in den Himmel. Zum Glück ist die Sonne heute nicht hinter Wolken verborgen, fügte sie hinzu. Denn nur so leuchten die Farben, schloss sie und suchte sich einen guten Platz. Dann setzte sie sich ins Gras und malte stundenlang.

Als Cathy am Abend zurück ins Hotel kam, fragte die Mutter: „Wo hast du heute gesteckt?"

„Ich habe eine Lichtung im Wald gefunden, die traumhaft toll aussieht", antwortete die Tochter und hielt inne. Dann suchte sie ihren Block und zeigte ihrer Mama die Bilder.

„Das ist ja wunderschön", stellte die Mami fest, nachdem sie sich diese angeschaut hatte.

„Das finde ich auch", stimmte Cathy zu und sah ihre Mutter an. Dann gab sie sich einen Ruck und fragte: „Darf ich morgen nochmals dorthin?"

„Natürlich! Du bist fünfzehn", meinte die Mama und lächelte ihren Nachwuchs an. Nach einem Moment fügte sie hinzu: „Ich werde dir ein Lunchpaket mitgeben. Damit du mehr Zeit hast."

„Danke Mami! Das ist lieb", sagte Cathy und strahlte sie an. „Da gibt es noch so viel zu entdecken", schloss sie und sah ihre Mama an.

„Das glaube ich dir!", erwiderte die Mutter und hielt inne. Dann räusperte sie sich und wandte sich ihr zu. „Ich habe bisher nicht gewusst, dass es einen solch schönen Ort hier gibt", ergänzte sie.

Als Cathy am nächsten Morgen auf der Lichtung ankam, stellte sie fest, dass sich die Tiere vermehrt hatten. Denn jetzt traf sie auch die Einhörner dort an.

Das finde ich super, dass ich die nochmals sehe, dachte sie und schnappte sich Stifte und Block. Dann suchte sie sich rasch einen guten Platz und skizzierte die Fabeltiere beim Grasen.

Wie schade!, meinte Cathy zu sich, als sie beobachtete, dass die Einhörner zurück in den Wald liefen. Als die Tiere verschwunden waren, sah sie auf ihre Armbanduhr. Wie schnell die Zeit vergeht, dachte sie, als sie feststellte, dass es schon Mittag war. Okay! Ich lege jetzt eine Pause ein, mahnte sie und räumte ihre Malsachen auf die Seite. Dann gab sie sich einen Ruck und vertilgte ihr

Lunchpaket. Als sie fertig war, hatte sie bis zum Abend weiter gemalt.

Cathy beendete den ersten Entwurf und streckte sich. Der ist noch nicht ganz perfekt, entschied sie und betrachtete ihr Werk. Aber für heute ist Schluss, mahnte sie sich und seufzte. Dann senkte sie die Arme und sah auf die Uhr. „Mist! Jetzt habe ich doch glatt die Abendbrotzeit des Hotels verpasst", murmelte sie, als sie feststellte, dass es schon 22 Uhr war. Rasch atmete sie ein und aus und überlegte. Als sie sich an was erinnerte, sammelte sie sich. Egal!, fuhr sie fort und angelte sich ihren Rucksack. Zum Glück habe ich noch reichlich belegte Brote und Obst von der Reise übrig. Denn ich bin hungrig, schloss sie und packte den Rest ihres Proviants aus.

Als sie gegessen hatte, kuschelte sie sich zufrieden in ihre Decke. Das war ein langer Tag, dachte sie und sie schlief sofort ein.

# Tanjas Sturz in
## eine andere Welt

## Heike Doeve

## Eine Kurzgeschichte

# Worum geht es?

„Willkommen in der Fantasiewelt!" - Tanja erwacht nach einem Motorradunfall in einem fremden Zimmer. Zunächst denkt sie, dass man sie in einem Krankenhaus behandelt. Doch rasch fällt ihr auf, dass Details nicht stimmen.

Als sie mit ihrem Arzt spricht, erfährt sie, dass sie in einer anderen Welt gelandet ist. Aber als sie mehr darüber wissen will, weigert er sich es ihr zu verraten. Deshalb versucht Tanja während ihrer Genesung, das Geheimnis zu lüften.

Wird es ihr gelingen? Und kehrt sie jemals wieder in ihre eigene Welt zurück?

# Tanjas Sturz in eine andere Welt

Tanja schlug die Augen auf und sah sich um. Sie stellte fest, dass sie in einem beige gestrichenen Raum weilte. Ihr Blick blieb an den Landschaftsbildern hängen, die die Wände zierten. Die finde ich sehr hübsch, dachte sie und holte Luft. Doch wo bin ich überhaupt, fragte sie sich, weil ihr auffiel, dass es ein Einzelzimmer war. Und warum liege ich im Bett, fuhr sie fort und versuchte sich aufzurichteten. „Verdammt!", fluchte sie, als sie spürte, dass sie ein wahnsinniger Schmerz durchzuckte. Das darf nicht wahr sein, schloss sie und legte sich sofort wieder hin.

Sie atmete ein und aus und wartete darauf, dass die Qual nachließ. Was eine Weile dauerte. Dann hörte sie, wie die Tür geöffnet wurde und jemand das Zimmer betrat. Rasch drehte sie den Kopf in die

Richtung und sah, dass es sich um einen Jugendlichen handelte.

„Schön, dass du wach bist", stellte Uwe fest und schaute sie an. „Ich habe schon gedacht, dass du den ganzen Tag schlafen willst", schloss er und sah auf seine Armbanduhr. „Es ist 12 Uhr", fuhr er fort und lächelte sie an. Dann wendete er sich um, zog die Gardinen zurück und öffnete das Fenster. „Hast du Hunger", fragte er, als er fertig war und sah sie wieder an.

Dass ich so lange schlafe, passt nicht zu mir, meinte Tanja zu sich und seufzte. Rasch sammelte sie sich, weil sie sich an die Frage erinnerte. „Nein!", antwortete sie und schüttelte den Kopf. „Aber ich muss mal!",fügte sie hinzu.

„Okay! Daran habe ich nicht gedacht", gab Uwe zu und stöhnte. Dann setzte er neu an und meinte: „Ich werde dir helfen, damit du nicht fällst." Er brach ab und holte Luft. Danach fragte er: „Kannst du dich hinsetzen?" Er kam zu ihr und half ihr auf.

Während Tanja die Beine über die Bettkante schob und nach vorne robbte, sah sie, dass sie ein Herrenhemd als Nachthemd trug. Das ist merkwürdig, wunderte sie sich und befühlte den Stoff. Das ist doch keine Krankenhauskleidung, meinte sie zu sich und seufzte. Als ihr das klar wurde, riss sie sich rasch zusammen. Dann sah sie ihn an und fragte: „Wo sind meine Anziehsachen?" Sie brach ab, weil sie heftige Schmerzen spürte. Da muss ich jetzt durch, mahnte sie sich und atmete ein und aus. Nach einem Moment fühlte sie, dass die Qual nachließ.

„In der Wäsche!", antwortete Uwe und schaute sie an. Dann fügte er hinzu: „Ich werde sie dir später bringen." Er schwieg und hockte sich vor sie. Danach griff er unter das Bett und zog ihr Hausschuhe an. Als er fertig war, setzte er neu an und meinte: „Deine Wertsachen findest du im Nachttisch." Er hielt inne und erhob sich. Dann half er, ihr aufzustehen, und führte sie ins Bad.

Das ist gut zu wissen, dachte Tanja, als sie neben ihn herschritt. Verdammt ist mir schwindlig, fuhr sie fort und seufzte. Rasch griff sie nach seinem Arm. Ich finde es super, dass er mir hilft, entschied sie und bewältigte das letzte Stück. Auch wenn ich ihn nicht kenne, schloss sie und blieb stehen. Dann holte sie Luft und sah ihn an.

Es war eine halbe Stunde später. In dieser hatte Tanja geduscht und lag nun wieder in ihrem Bett.

Uwe stand bei ihr und cremte mit einer Wundsalbe ihre Rippen ein. Als er fertig war, richtete er sich auf und fragte: „Soll ich dir dein Mittagessen bringen?" Er schwieg und sah sie an.

„Danke, das wäre nett!", antwortete Tanja und zog die Bettdecke über sich. Danach setzte sie neu an und fügte hinzu: „Ich hätte gerne vorab eine große Tasse schwarzen Kaffee bitte." Sie brach ab und schaute ihn an. Dann schloss sie mit den Worten: „Wenn es möglich ist!"

„Das ist kein Problem!", stellte er fest und winkte mit der Hand ab. „Kommt sofort!", fügte er hinzu und verschwand.

Kurze Zeit später brachte Uwe ihr zuerst das Getränk. Dann verließ er das Zimmer noch einmal und kehrte nach ein paar

Minuten mit einem Tablett in der Hand zurück.

Als Tanja das Essen roch, lief ihr das Wasser im Mund zusammen. Die letzte Mahlzeit scheint lange her zu sein, dachte sie, weil sie spürte, dass ihr Magen knurrte.

Uwe stellte das Tablett auf den Tisch an ihren Nachtschrank und drehte ihn zu ihr. Dann verstellte er das Kopfteil an ihrem Bett in eine sitzende Position. „Versuch mal, ob du es selber kannst", forderte er sie auf und schaute sie an. Danach fuhr er fort: „Wenn es nicht klappt, werde ich dir helfen." Er hielt inne und lächelte sie an.

Tanja zögerte und sah auf das Tablett. Sie stellte fest, dass es Seelachs in Dillsoße mit Kartoffeln und Salat gab. Als Dessert stand dort ein Schokoladenpudding mit Vanillesoße. Auch eine Flasche Wasser und ein Glas fand sie. Verdammt! Was ist los mit mir, meinte sie sie sich, als sie sich an seine Bemerkung erinnerte. Rasch sammelte sie sich und wandte sich ihm zu. Dann holte sie Luft und erwiderte: „Ich denke, dass du dafür kaum Zeit hast!" Sie schwieg und füllte ihr

Trinkgefäß. Als sie fertig war, fuhr sie fort: „Da ich weiß, dass in den Kliniken Personalmangel herrscht, halte ich dich lieber nicht auf." Sie verstummte und griff nach dem Besteck.

Ein paar Minuten lang aß Tanja ohne Hast. Als sie dann aufschaute, bemerkte sie, dass der Pfleger neben ihrem Bett saß. Das ist merkwürdig, dachte sie und starrte ihn an. Nach einem Moment riss sie sich zusammen und fragte zwischen zwei Bissen: „Hast du nichts anderes zu tun?" Sie brach ab, als ihr was auffiel. Das darf nicht wahr sein, meinte sie zu sich und stockte. Danach wandte sie sich ihm zu und fuhr fort: „Oder bin ich gar nicht im Krankenhaus?"

„Nein, das bist du nicht!", antwortete ihr Doktor und sah sie an. Dann atmete er ein und aus und gab zu: „Da es so etwas in unserer Welt nicht gibt."

Okay!, dachte Tanja und trank einen Schluck. Das erklärt die ganzen Unterschiede, fuhr sie fort und stellte ihr Glas zurück auf den Tisch. Erst dann kapierte sie, was er noch gesagt hatte. Wo bin ich, fragte sie sich und wandte sich ihm zu.

Als Uwe ihren Blick spürte, meinte er: „Du genießt die Gastfreundschaft in meinem Haus. Da du kurz hinter der Grenze auf der Straße gelegen hast." Er hielt inne und räusperte sich. Danach setzte er neu an und schloss mit den Worten: „Du brauchst keine Angst zu haben, denn du bist in guten Händen. Weil ich Arzt bin und Uwe heiße." Er sah ihr direkt in die Augen.

Die habe ich nicht, dachte Tanja, als sie das hörte. Ich bin eher verwirrt, fügte sie hinzu und seufzte. Nach einem Moment riss sie sich zusammen und griff sich das Schälchen mit ihrem Nachtisch.

Uwe wartete, bis sie fertig war, und vergewisserte sich dann: „Dein Name ist Tanja Silber. Stimmt es?" Er brach ab und schaute sie an.

„Das ist richtig!", bestätigte Tanja und schwieg, als ihr was auffiel. Rasch holte sie Luft und fragte: „Wer hat dir das erzählt?"

„Niemand!", antwortete Uwe und schüttelte den Kopf. Danach wandte er sich ihr zu und erklärte: „Ich weiß es, weil ich die Daten von der Versicherungskarte benötigt habe." Er hielt inne und seufzte. Dann gab er sich einen Ruck und fuhr fort: „Es tut mir leid, dass ich deine Sachen durchwühlt habe."

„Es ist schon gut", erwiderte Tanja und winkte mit der Hand ab. Danach holte sie Luft und gab zu: „Ich habe nicht daran gedacht!" Sie hielt inne, als ihr was auffiel. „Verdammt!", murmelte sie und stöhnte. Das ist nicht das Einzige, was ich vergessen habe, meinte sie zu sich und starrte ins Leere. Dann riss sie sich zusammen und drehte sich zu ihm um.

Als Uwe das merkte, erklärte er: „Du hast dir zwei Rippen geprellt. Darum nehme ich an, dass du in einer Woche wieder fit sein wird." Er brach ab und schaute sie an.

Das klingt gut, dachte Tanja, als sie das hörte. Da habe ich ja richtig Glück gehabt, dass nicht mehr passiert ist, fügte sie hinzu, als sie sich erinnerte. Rasch seufzte sie und sammelte sich.

Uwe schwieg und beobachtete sie. Nach einem Moment gab er sich einen Ruck und fragte: „Kannst du mir sagen, was geschehen ist?" Er hielt inne und räusperte sich. Dann schloss er mit den Worten: „Weil das die Polizei gerne wissen würde. Und ich auch! Denn ich brauche es für den Bericht." Er löste ein Klemmbrett von ihrem Bett und zog einen Kuli aus seiner Hemdtasche.

„Okay!", stimmte Tanja zu und drehte sich zu ihm um. Danach setzte sie neu an und fügte hinzu: „Ich werde dir mitteilen, woran ich mich erinnern kann." Sie hielt inne und sortierte für sich die Abläufe. Als sie fertig war, erzählte sie: „Ich war mit dem Motorrad unterwegs von der Arbeit nach Hause. Ich weiß noch, dass ich dabei war mir zu überlegen, was ich am Abend kochen würde. Doch ich habe mich nicht für ein Rezept entscheiden können, weil ich von einem Idioten von der Straße gedrängt worden bin. Ich habe noch gespürt, wie die Maschine in den Grünstreifen gefahren ist und ich über den Lenker geflogen bin. Was danach geschehen ist, weiß ich nicht." Sie schwieg und seufzte.

„In Ordnung!", meinte Uwe und schrieb die letzten Worte. Dann sah er sie an und fragte: „Ab wann kannst du dich wieder an was erinnern?"

Tanja zögerte und dachte nach. Wann war das, wollte sie von sich wissen, weil es ihr nicht sofort einfiel. „Verdammt!", murmelte sie und trank einen Schluck. Danach stellte sie das Glas zurück auf ihr Nachtschränkchen und antwortete: „Von dem Moment an als ich hier aufgewacht bin." Sie verstummte und holte Luft. Dann wiederholte sie: „Von da an habe ich alles wieder bewusst wahrgenommen." Sie brach ab und sah ihn an. Da sie merkte, dass er was auf den Zettel kritzelte, wartete sie ab. Als sie beobachtete, dass er sich zu ihr wandte, fuhr sie fort: „Ich hoffe, dass ich dir helfen konnte."

„Ja! Ich danke dir", meinte Uwe und lächelte sie an.

„Das freut mich", stellte Tanja fest und erwiderte sein Strahlen. Mist!, dachte sie, als ihr was einfiel. Rasch atmete sie ein und aus und sammelte sich. Dann wandte sie sich zu ihm um und fragte:„Hat die Polizei das Bike gefunden? Denn es war neu."

„Das hat sie!", antwortete Uwe und schwieg. Danach sah er sie an und fügte hinzu: „Es hat in einem Gebüsch neben dir gesteckt. Und es hat nur ein paar Kratzer am Lack." Er hielt inne und räusperte sich. Dann fuhr er fort: „Die Sicherheitskräfte haben es mitgenommen."

„Okay! Danke für die Info", murmelte Tanja und seufzte. „Ich hoffe, dass ich die Maschine zurückbekomme, denn die war teuer."

„Das weiß ich nicht", gab Uwe zu und zuckte mit den Schultern. Nach einem Moment schaute er sie an und fragte: „Hast du erkennen können, wer dich von der Straße gedrängt hat?" Er hielt inne und holte Luft.

„Nein!", antwortete Tanja und schüttelte den Kopf. Dann gab sie sich einen Ruck und erklärte:„Da ich damit beschäftigt war, den Unfall zu verhindern, habe ich nicht auf den Fahrer geachtet." Sie brach ab und seufzte. Danach fügte sie hinzu: „Aber ich weiß, dass das Auto John König gehört." Sie schwieg und trank einen Schluck.

„Bist du dir da sicher", wollte Uwe wissen.

„Ja!", antwortete Tanja und stöhnte. Nach einem Moment riss sie sich zusammen und erklärte: „Denn er ist mein Ex-Freund und wir haben uns vor drei Jahren getrennt." Sie hielt inne und stellte ihr Glas auf das Nachtschränkchen. Dann drehte sie sich zu ihm um und fuhr fort: „Am vergangenen Montag habe ich John erstmals wieder zufällig auf der Straße getroffen. Weil er dabei war in seinen Wagen zu steigen und ich auf dem Weg zur Arbeit war, haben wir uns nur stumm gegrüßt."

„Okay! Ich verstehe", meinte Uwe und kritzelte auf dem Klemmbrett herum. Als er fertig war, fragte er: „Ist in den Tagen zwischen dem Wiedersehen und deinem Unfall was aufgefallen?" Er schwieg und schaute sie an.

Tanja zögerte und dachte nach. Als ihr was einfiel, antwortete sie: „Wenn ich ganz ehrlich bin, habe ich seitdem gespürt, dass man mich verfolgt hat. Aber jedes Mal habe ich niemanden gesehen." Sie hielt inne und seufzte. Dann setzte sie neu an und meinte: „So kann ich nur vermuten, dass John es war." Sie brach ab und zuckte mit den Schultern.

„In Ordnung! Danke für diesen Hinweis", sagte Uwe und notierte es sich.

„Für mich ergibt das alles keinen Sinn", stellte Tanja fest und schwieg. Dann holte sie Luft und fuhr fort: „Denn ich will John nicht mehr. Was er weiß, weil ich es ihm gesagt habe." Sie hielt inne und stöhnte. Danach riss sie sich zusammen und schloss mit den Worten:„Ich bin davon ausgegangen, dass er nach sich all dieser Zeit längst anderen zugewendet hat. Leider habe ich mich da wohl geirrt."

„Das klingt so, als ob ihr euch nicht im Guten getrennt habt", bemerkte Uwe und sah sie an.

„Da hast du recht", gab Tanja zu und schwieg. Nach einem Moment setzte sie neu an und meinte: „Doch diesmal hat John den Bogen überspannt. Ich werde ihn anzeigen, falls er es wirklich war." Sie brach ab und holte Luft.

„Das brauchst du nicht mehr", erklärte Uwe und räusperte sich. Dann atmete er ein und aus und fuhr fort: „Weil die Polizei ihn bereits sucht." Er verstummte und betrachtete sie. Danach gab er sich einen Ruck und fügte hinzu: „Da er Fahrerflucht begangen hat und dich dort liegen gelassen hat. Ich glaube, dass das unterlassene Hilfeleistung heißt." Er brach ab und zuckte mit den Schultern. „Doch da bin ich mir nicht ganz sicher", schloss er.

„Danke für die Info!", murmelte Tanja, als sie das hörte. „Ich finde es super, dass ich mich darum nicht mehr kümmern muss", ergänzte sie und lächelte ihn an.

Uwe schwieg und erwiderte ihr Strahlen. Nach einem Moment setzte er neu an und meinte: „Du brauchst dir keine Sorgen zu machen. Denn John wird dich in dieser Welt nicht finden. Selbst wenn er sich nicht verstecken müsste, hätte er nicht den Hauch einer Chance." Er verstummte und befestigte das Klemmbrett am Bett.

„Das verstehe ich nicht!", gab Tanja zu und schüttelte den Kopf. Dann fuhr sie fort: „Du hast das bereits zweimal erwähnt." Sie brach ab und schaute aus dem Fenster. Doch das half ihr nicht weiter, wie sie rasch feststellte. Darum wendete sie sich ihm wieder zu und fragte: „In welchem Lebensraum bin ich?" Sie verstummte und seufzte, als ihr was einfiel. Dann gab sie sich einen Ruck und fügte hinzu: „Bin ich noch auf der Erde?" Sie hielt inne und sah ihn an.

„Keine Angst! Du befindest dich angeblich in einer Fachklinik. Und der Arzt, der ein Freund von mir ist, hat dir Ruhe verordnet", antwortete Uwe und nahm erneut auf den Stuhl Platz. Dann sah er sie an und erklärte: „Die Rolle spielt ein Mädchen von unseren Leuten. Die aussieht wie du und die gleichen Verletzungen hat." Er schwieg und holte Luft. Danach setzte er neu an und meinte: „Wo du wirklich bist, werde ich dir nicht sagen. Weil ich dich sonst nicht mehr in deine Welt zurückbringen kann." Er hielt inne und lächelte sie an. Dann fügte er hinzu: „Was ich schade fände, denn ich mag dich." Er brach ab und sah sie an. Danach schloss er mit den Worten: „Doch du darfst gerne versuchen, es zu erraten."

„Danke für das Angebot! Aber im Augenblick habe ich dazu keine Lust", gab Tanja zu und strahlte ihn an. „Verdammt!", murmelte sie, als ihr was auffiel. Rasch sammelte sie sich und meinte: „Du hast vorhin gesagt, dass ich nur ein paar Prellungen habe." Sie verstummte und wandte sich ihm zu. Danach schaute sie ihn an und fragte: „Warum kann ich mich an nichts erinnern?"

„Okay! Es ist dein gutes Recht, das zu erfahren", antwortete Uwe und seufzte. Dann riss er sich zusammen und erklärte: „Als ich dich gefunden habe, hast du vor Schmerzen gestöhnt. Weil ich aufgrund der ganzen Lage vor Ort einen Bruch nicht ausschließen konnte, habe ich dich in einen Tiefschlaf versetzt." Er hielt inne und sah sie an. Nach einem Moment fuhr er fort: „Das war auch für den Transport notwendig. Denn ich habe keinen Helfer dabei gehabt und habe dir nicht wehtun wollen." Er verstummte und atmete ein und aus. Danach setzte er neu an und schloss mit den Worten: „Erst als ich dich in meiner Praxis untersucht habe, habe ich gesehen, dass du dir nur zwei Rippen geprellt hast."

In Ordnung! Jetzt ergibt das Sinn, meinte Tanja zu sich und räusperte sich. Dann sah sie ihn an und stellte fest: „Entschuldige bitte! Daran habe ich nicht gedacht." Sie brach ab und stöhnte. Darauf hätte ich kommen können, mahnte sie sich und holte Luft. Danach sammelte sie sich und fuhr fort: „Ich danke dir, dass du so vorsichtig gewesen bist. Das finde ich toll!" Sie verstummte und lächelte ihn an.

„Es ist schon gut!", unterbrach Uwe sie und winkte mit der Hand ab. Dann fügte er hinzu: „Ich habe nur das getan, was das Richtige war." Er hielt inne und schaute sie an. Danach fragte er: „Hast du vergessen, dass das mein Beruf ist?"

„Nein!", antwortete Tanja und schüttelte den Kopf. Als ihr was klar wurde, fuhr sie fort: „Du hast weit mehr erledigt! Auch Dinge, die darüber hinaus gehen." Sie sah ihn an und lächelte. Nach einem Moment fügte sie hinzu: „Doch ich denke, dass das zum Schutz eurer Welt ist. Stimmt es?" Sie verstummte und holte Luft. Als sie merkte, dass er nicht antworten würde, seufzte sie. Dann setzte sie neu an und meinte: „Das Mädchen, was mich spielt, beneide ich nicht. Da die Krankenhäuser sich auf das Nötigste beschränken." Sie schwieg und trank einen Schluck. Danach gab sie sich einen Ruck und stellte fest: „Ich habe es besser hier."

„Da hast du recht!", gab Uwe zu und stand auf. Dann wandte er sich ihr zu und meinte: „Doch sie weiß, worauf sie sich eingelassen hat. Denn es ist für sie nicht das erste Mal." Er hob das Tablett hoch und fragte: „Soll ich dir noch was bringen?"

„Was zu lesen oder einen Malblock und Stifte wäre schön. Falls es hier so was gibt", antwortete sie.

„Bücher findest du auf dem Regal über deinem Bett", meinte Uwe und deutete in die Richtung eines Brettes, das am Kopfende befestigt war. Dann sah er sie an und fuhr fort: „Da darfst du dir gerne welche von leihen." Er hielt inne und holte Luft. Danach fügte er hinzu: „Das Malzeug werde ich dir bringen." Er brach ab als ihm was auffiel. Rasch sammelte er sich und sagte: „Doch inwieweit du das mit deinen Verletzungen kannst, musst du selber entscheiden." Er verstummte und zuckte mit den Schultern.

„Okay! Danke! Das wäre erstmal alles", meinte Tanja und lächelte ihn an.

„Sehr gerne! Ich möchte nicht, dass du dich langweilst", gab Uwe zu und erwiderte ihr Strahlen. Dann wandte er sich um und verließ den Raum.

Es war sieben Tage später. Als Tanja um 9 Uhr erwachte, saß Uwe an ihrem Bett. Sie wunderte sich darüber. Denn das war, seit dem langen Gespräch nicht mehr vorgekommen. Rasch riss sie sich zusammen und fragte: „Ist was passiert?" Sie schwieg und starrte ihn an.

„Guten Morgen", grüßte Uwe und schüttelte den Kopf. Dann sah er sie an und erklärte: „Ich würde dich nur gerne untersuchen." Er verstummte und schloss mit den Worten: „Machst du dich bitte frei?" Er erhob sich vom Stuhl.

„In Ordnung", murmelte Tanja und schlug die Bettdecke zurück. Danach zog sie das Hemd hoch und drehte sich auf die Seite.

Uwe trat zu ihr und tastete über ihre Rippen. Nach ein paar Minuten meinte er:„Wie ich fühle, bist du wieder gesund." Er hielt inne und lächelte sie an. Dann setzte er neu an und fügte hinzu: „Ich werde dir jetzt dein Frühstück holen."

„Ich danke dir", erwiderte Tanja und deckte sich zu. „Denn ich brauche dringend einen Kaffee", ergänzte sie und gähnte.

„Okay! Ich werde ihn dir so rasch bringen, wie ich kann", versprach Uwe und sah sie an. Dann wandte er sich um und verließ das Zimmer.

„Danke!", rief Tanja ihm hinterher. Als er hinausging, sah sie sich seinen Rücken genauer an und seufzte. Verdammt! Zu den Elfen gehört er auch nicht, dachte sie, weil sie dort keine Flügel sah, die sie erwartet hatte. Jetzt bleiben nur noch zwei Gruppen, entschied sie und sammelte sich.

Es war eine halbe Stunde später. Tanja hatte mittlerweile geduscht und lag wieder im Bett. Da hörte sie ein Geräusch an ihrer Zimmertür.

Kurz darauf betrat Uwe das Zimmer und meinte: „Entschuldige bitte, dass es heute so lange gedauert hat. Der Grund ist, dass ich einen wichtigen Anruf erhalten habe." Er schwieg und stellte ihr das Frühstück hin. Dann betrachtete er sie und fügte hinzu: „Wie ich sehe, hast du die Zeit gut genutzt." Er schnappte sich einen Stuhl und setzte sich zu ihr. Danach fragte er: „Kann es sein, dass du versuchst herauszufinden, was ich bin?" Er verstummte und lächelte sie an.

„Das streite ich nicht ab, weil es sinnlos wäre", gab Tanja zu und trank einen Schluck Kaffee. Dann fuhr sie fort: „Aber ich kann bisher keinen Erfolg vorweisen." Sie hielt inne und stellte die Tasse auf die Untertasse. Danach räusperte sie sich und erklärte: „Denn immer wenn ich glaube, es zu wissen, stimmt ein Detail nicht." Sie brach ab und bestrich ihr Brötchen mit Butter und Marmelade. Dann sah sie ihn an und schloss mit den Worten: „Offensichtlicht bin ich im Rätseln nicht so gut, wie ich gedacht habe."

„Was war es denn heute?",fragte Uwe und schaute sie an. „Ich habe gespürt, dass du mich angestarrt hast", stellte er fest und schwieg.

„Ich bin mir sicher gewesen, dass du ein Elf bist", antwortete Tanja und seufzte. Rasch riss sie sich zusammen und fuhr fort: „Bis ich beim Verlassen des Raumes gesehen habe, dass dir die Flügel fehlen." Sie hielt inne und trank einen Schluck Kaffee. Dann räusperte sie sich und meinte: „Ich denke nicht, dass du hier bist, um mit mir darüber zu reden." Sie brach ab, als sie sich an was erinnerte. Danach gab sie sich einen Ruck und fügte hinzu: „Zumal du nicht möchtest, dass ich es herausfinde." Sie verstummte und sah ihn an. Nach einem Moment fragte sie: „Was gibt es?"

„Das stimmt so nicht", widersprach Uwe und schüttelte den Kopf. Dann wandte er sich zu ihr um und ergänzte: „Ich habe dich doch zum Raten aufgefordert." Er hielt inne und holte Luft. Danach gab er zu: „Auch wenn ich dir nicht helfen darf, interessiert es mich." Er schwieg und schaute sie an. Nach einem Moment fragte er: „Was war ich denn schon alles nicht?"

„Du hast ja recht", meinte Tanja, als sie sich erinnerte. Dann stockte sie und biss in ihr Brötchen. Während sie kaute, sah sie ihn an. Verdammt!, dachte sie, weil sie nichts fand, was sie weiterbrachte. Rasch sammelte sie sich und antwortete: „Ich sage dir besser, was noch übrig ist. Da das nicht mehr viel ist." Sie schwieg und seufzte. Danach setzte sie neu an und schloss sie mit den Worten: „Du bist entweder ein Werwolf oder ein Hexer." Sie atmete ein und aus und trank einen Schluck Kaffee.

„Das ist super! Denn es ist mehr, als ich erwartet hatte", lobte Uwe sie und verstummte. Dann räusperte er sich und fügte hinzu: „Ich bewundere das Ergebnis. Weil du es ohne Hinweise geschafft hast." Er hielt inne und sah sie an. Danach gab er sich einen Ruck und fuhr fort: „Ich bestätige dir gern, dass du sehr gut im Rätseln bist." Er schwieg und lächelte sie an. „Und ich wünsche dir viel Spaß beim Weiterraten", beendete er den Satz.

„Danke!", murmelte Tanja und strahlte ihn an. Als ihr was auffiel, seufzte sie und gab zu: „Bisher habe ich nur die Sachen ausgeschlossen, die leicht waren. Weil ich gerne Fantasybücher lese." Sie brach ab und zuckte mit den Schultern.

„Ich verstehe", meinte Uwe und hielt inne. Nach einem Moment wechselte er das Thema und sagte: „Doch nun zu dem, warum ich hier bin." Er verstummte und sah sie an. Dann fuhr er fort: „Ich habe Neuigkeiten für dich. Denn die Polizei hat John König gefunden." Er schwieg und schaute aus dem Fenster. Es nützt nichts. Sie muss es erfahren, mahnte er sich und sammelte sich. Danach wandte er sich ihr wieder zu und erklärte: „Da sich bei der Untersuchung herausgestellt hat, dass er wegen schwerer Verbrechen mit internationalen Haftbefehl gesucht wurde, ist er gleich festgenommen worden." Er hielt inne und holte Luft.

„Ich finde es gut, dass die Beamten John aus dem Verkehr gezogen haben", stellte

Tanja fest, als sie das hörte. Danach atmete sie ein und aus und fragte: „Weiß man schon, warum er mich von der Straße gedrängt hat?"

„Ja! Da ist sich die Polizei sicher", antwortete Uwe und zögerte. Dann gab er sich einen Ruck und erklärte: „Er ist dir gefolgt, weil er dich töten wollte." Er hielt inne und holte Luft. „Die Beamten werden ihn deswegen anklagen", schloss er und beobachtete sie.

„Verdammt! Das darf nicht wahr sein", fluchte Tanja und ballte die Hände zu Fäusten. Dann atmete sie ein und aus und löste die Finger wieder. „In dem Fall finde ich es gut, dass John so rasch nicht mehr bei mir auftauchen wird", meinte sie, als sie sich beruhigt hatte.

„Da hast du recht!", stimmte Uwe zu und seufzte, weil er sich an was erinnerte. Wie habe ich das vergessen können, fragte er sich und riss sich zusammen. Dann sah er sie an und erklärte: „Da dir Schmerzensgeld zusteht, solltest du dir einen Anwalt suchen, der dich vertritt." Er brach ab und dachte nach. Als ihm der Name einfiel, fuhr er fort: „Kennst du einen, der gut ist? Sonst kann ich dir einen empfehlen."

„Ich danke dir für das Angebot!", antwortete Tanja und schaute ihn an. Dann räusperte sie sich und ergänzte: „Doch das ist nicht nötig. Weil meine Freundin Anwältin ist." Sie hielt inne, als ihr, was klar wurde. Danach gab sie zu: „Das ist zwar nicht ihr Gebiet, aber sie kennt sicher einen guten Kollegen." Sie schwieg und trank einen Schluck Kaffee. Als sie die Tasse zurück auf die Untertasse stellte, meinte sie: „Ich finde es gut, dass John die gerechte Strafe bekommen wird." Sie stockte, weil sie sich an was erinnerte. Dann wandte sie sich ihm zu und fügte hinzu: „Was ich nicht verstehe, ist, wie er so rasch auf die schiefe Bahn kommen konnte. Denn als ich mich von ihm getrennt habe, ist er nicht kriminal gewesen." Sie brach ab und schüttelte den Kopf. Danach schloss sie mit den Worten: „Oder ich habe es nicht gemerkt."

„Aus welchen Grund ist eure Beziehung gescheitert?", fragte Uwe und schaute aus dem Fenster. Dann wandte er sich ihr wieder zu und fügte hinzu: „Falls dir das zu intim ist, brauchst du es mir nicht zu sagen. Da es mich ja nichts angeht." Er verstummte und holte Luft.

„Das ist schon okay!", antwortete Tanja und schwieg. Nach einem Moment gab sie sich einen Ruck und erzählte: „John ist fremdgegangen und ich habe ihn auf frischer Tat mit einer anderen im Hotelbett erwischt." Sie hielt inne und stöhnte, als sie sich erinnerte. Rasch sammelte sie sich und fuhr fort: „Das ist passiert, als er auf einer Fortbildung in Berlin sein wollte." Sie brach ab und atmete ein und aus. Dann sah sie ihn an und erklärte: „Um es kurz zu machen: Ich habe mich noch am selben Abend wütend von ihm getrennt. Zum Glück haben wir nicht zusammen gelebt." Sie verstummte und kämpfte mit ihren Gefühlen.

„Ich verstehe!", murmelte Uwe und schwieg. Nach einem Moment fragte er: „Wie ist es denn dazu gekommen?"

Als Tanja das hörte, sammelte sie sich rasch. Dann wandte sie sich ihm zu und stellte fest: „Du bist aber neugierig! Doch ich finde das okay." Sie hielt inne und lächelte ihn an. Danach gab sie sich einen Ruck und erklärte: „Ich habe eine Woche lang in dem Hotel zur Probe gearbeitet. Was ich John nicht gesagt habe." Sie verstummte und holte Luft. Dann fuhr sie fort: „An dem Tag habe ich die Zimmer geputzt." Sie schwieg und seufzte, als sie sich erinnerte. Nach einer Weile riss sie sich zusammen und erzählte weiter: „Es war der letzte Raum, den ich reinigen musste. Ich habe angeklopft und keine Antwort erhalten. Darum habe ich gedacht, dass niemand da ist." Sie hielt inne und kämpfte mit sich. Rasch atmete sie ein und aus und fügte hinzu: „Aber ich habe mich geirrt. Denn nachdem ich die Zimmertür geöffnet hatte, habe ich die beiden gesehen. Noch bevor John ein Wort sagen konnte, habe ich sie wieder geschlossen."

„Diese Szene muss ein Schock für dich gewesen sein", bemerkte Uwe und schaute sie an.

„Da hast du recht", gab Tanja zu und seufzte. Dann sammelte sie sich und erklärte: „Von dem Moment an ist der restliche Arbeitstag für mich wie im Trance vergangen." Sie verstummte und stöhnte. Danach gab sie sich einen Ruck und fuhr fort: „Als John abends zu mir gekommen ist, habe ich ihn zur Rede gestellt. Dabei ist herausgekommen, dass er mich schon öfters betrogen hat. Nach diesem Geständnis ist mir der Kragen geplatzt und ich habe ihn rausgeworfen." Sie brach ab und trank einen Schluck Kaffee. Dann sah sie ihn an und schloss mit den Worten: „Obwohl mir der Job angeboten worden ist, habe ich ihn abgelehnt. Weil ich gemerkt habe, dass mir das nicht liegt."

„Das glaube ich dir", murmelte Uwe und schwieg. Er schaute zum Tisch, auf der mit gezeichneten Bildern bedeckt war. Dann wandte er sich ihr zu und meinte: „Ich finde, dass das bei deinem Talent eine gute Wahl ist." Er verstummte und deutete auf den Zeichenblock. Danach räusperte er sich und gab zu: „Doch unabhängig davon, hätte ich mich gewundert, wenn du die Stelle angenommen hättest. Nach dem, was du dort erlebt hast."

Tanja drehte sich zu ihm um und starrte ihn an. Dann riss sie sich zusammen und gab zu: „Daran habe ich in dem Moment nicht gedacht."

„Okay!", meinte Uwe und verstummte. Danach setzte er neu an und fragte: „Hast du schon mal darüber nachgedacht, dich als Künstlerin selbstständig machen?" Er hielt inne und betrachtete eines der Bilder. Dann wandte er sich zu ihr um und stellte fest: „Ich denke, dass du es könntest, wenn du willst." Er schwieg und lächelte sie an.

„Nein, das habe ich nicht", antwortete Tanja und schüttelte den Kopf. Danach sah sie ihn an und fügte hinzu: „Denn das wäre mir zu unsicher!" Sie verstummte und seufzte. Dann gab sie sich einen Ruck und erklärte: „Außerdem male ich nicht regelmäßig. Sondern nur wenn ich Zeit und Lust dazu habe." Sie brach ab und strahlte ihn an.

„Wie schade! Ich finde, dass deine Bilder sehr ausdrucksstark sind", erwiderte Uwe und sah sie an. Danach fuhr er fort: „Doch ich kann dich gut verstehen." Er schwieg und zuckte mit den Schultern. Dann holte er Luft und fragte: „Womit verdienst du denn Geld?"

„Ich bin Grafikdesignerin", antwortete Tanja und schaute aus dem Fenster. Nach einem Moment drehte sie sich zu ihm um und erzählte: „Als ich mich von John getrennt hatte, habe ich die Ausbildung angefangen. Und diese habe ich im letzten Sommer mit Auszeichnung bestanden." Sie hielt inne und atmete ein und aus. Dann räusperte sie sich und fuhr fort: „Da man gute Arbeitskräfte überall sucht, habe ich sofort eine Stelle gefunden." Sie schwieg und aß den Rest von ihrem Brötchen. Zum Glück brauche ich nicht mehr pendeln, dachte sie, als sie kaute. Und günstiger ist die Wohnung auch, meinte sie zu sich und leerte ihre Tasse.

„Ich finde, dass du deinen Beruf gut gewählt hast", erwiderte Uwe und schaute sie an. Dann sah er auf seine Armbanduhr und fuhr fort: „Und jetzt entschuldige mich bitte. Denn ich habe noch was anderes zu tun." Er verstummte und stand auf. Danach wandte er sich zu ihr um und fragte: „Bist du fertig mit dem Frühstück?" Als er sah, dass Tanja nickte, nahm er das Tablett mit.

In der nächsten Nacht weckte Tanja das Heulen der Werwölfe. Träume ich oder ist das des Rätsels Lösung, dachte sie und gähnte. Egal! Ich bin zu müde, entschied sie und schlief bald wieder ein.

Es war der darauf folgenden Morgen. Wie bin ich denn hier her gekommen, fragte sich Tanja, als die Augen aufschlug. Sie sah sich um und staunte, weil sie erkannte, dass sie im Schlafzimmer ihrer Wohnung erwacht war. Rasch richtete sie sich auf. Bei der Bewegung bemerkte sie, dass auf dem Nachttisch zwei Briefe standen. Vielleicht find ich darin einen Hinweis, meinte sie zu sich und schnappte sich die Schreiben. „Verdammt!", fluchte sie, als sie feststellte, dass das eine das Entlassungsschreiben der Klinik zusammen mit den Röntgenbildern war. Rasch beruhigte sie sich und legte diesen Brief zur Seite. Dann sah sie sich den anderen an. Als sie bemerkte, dass dieser von Uwe stammte, las sie diesen zuerst.

Dass er mich an meine Pflicht erinnert, den Hausarzt aufzusuchen, und mir alles Gute für die Zukunft wünscht, finde ich nett, dachte sie, als sie fertig war.

Erst jetzt fiel ihr die letzte Nacht wieder ein. Ich bin mir ganz sicher, dass ich in dem Moment nicht geträumt habe, meinte sie zu sich und holte Luft. Ich finde es super, dass es mir gelungen ist, das Rätsel zu lösen, entschied sie und lachte. Dann schwang sie die Beine aus dem Bett, da sie heute viel zu erledigen hatte.